Paola Capriolo

# NO



Edizioni EL

## CAPITOLO PRIMO

– Guarda che se non ti alzi ti faccio arrestare.

– Sí, lei può farlo.

Dopo aver pronunciato questa risposta con voce calma e sommessa, Rosa vede la faccia colorita dell'autista farsi addirittura scarlatta, il porro vicino alla bocca tremare, come se quel corpulento, brutale individuo si stesse trattenendo a stento dal mettere le mani addosso alla piccola donna nera che ha osato sfidarlo. A passi rabbiosi, l'uomo scende dall'autobus per mettere in atto la sua minaccia chiamando la polizia, mentre a bordo tutti i passeggeri sembrano trattenere il fiato. I bianchi, cui il colore della pelle garantisce il privilegio di sedere nelle file anteriori, si scambiano a mezza voce commenti indignati: guarda un po' se dobbiamo perdere tanto tempo per la sfacciataggine di una negra che si rifiuta di obbedire alla legge. («Negra», cosí la definiscono, con un termine spregiativo fin troppo diffuso.)

Nelle ultime file, quelle riservate alla gente di colore, regna invece un silenzio atterrito, e molti, cercando di farsi notare il meno possibile, lasciano i propri posti per scendere alla chetichella dall'autobus. Rosa li segue con lo sguardo, ma non si sente di condannarli per il loro desiderio di non farsi coinvolgere, per la loro antica paura, cosí profondamente radicata nei discendenti di generazioni di schiavi. Non la prova forse anche lei, quella paura? No, in realtà non la prova affatto, e quasi se ne meraviglia. Ma da quando ha opposto il suo fermo, irremovibile rifiuto alla pretesa dell'autista, sente di aver imboccato un cammino necessario, dal quale nessuna forza al mondo potrà piú distoglierla. Sente di essere nel giusto; di aver affermato una volta per tutte la dignità personale, la fierezza, il diritto al rispetto altrui, e non soltanto per se stessa, ma anche in nome di quei timorosi fratelli che ora mostrano fin troppa fretta di abbandonarla al suo destino.

Sí, un cammino necessario... Mentre aspetta tranquillamente al proprio posto guardando fuori del finestrino, Rosa ripensa a certe notti della sua infanzia a Pine Level, Alabama, quando invece di andare a letto restava seduta presso il focolare sino all'alba in compagnia del nonno. Aveva sei anni, allora; molto lontano da lí, in un continente chiamato Europa, la Prima guerra mondiale era stata combattuta e vinta, e i soldati americani tornavano a casa: quelli bianchi, ma anche i moltissimi ragazzi di colore che avevano rischiato la vita, proprio come gli altri, per il loro paese, e ora pretendevano di essere trattati con pari dignità, di godere degli stessi diritti. Eppure nel Sud degli Stati Uniti, una richiesta del genere suonava ancora come la peggiore delle bestemmie: se dai tempi del presidente Abramo Lincoln i neri non erano piú schiavi, erano però soggetti alle assurde leggi della «segregazione», vale a dire che non potevano frequentare gli stessi locali pubblici dei bianchi, studiare nelle stesse scuole, farsi curare negli stessi ospedali, persino bere dalle stesse fontane; su certi autobus di linea che facevano servizio da una città all'altra non era loro consentito nemmeno di salire a bordo, sia pure per sedersi nelle file in fondo; dovevano accomodarsi sul tetto, tra i bagagli dei viaggiatori, e questo d'inverno come d'estate, con la pioggia come con il sole.

Ora però quei ragazzi tornati dalla guerra non sembravano piú troppo disposti a tollerare una simile situazione. A furia di indossare la divisa «si erano montati la testa», erano diventati *sassy*, «impertinenti», l'epiteto che i bianchi del Sud solevano riservare alle persone di colore appena queste accennavano a ribellarsi alle angherie cui erano soggette. E l'impertinenza, da quelle parti, poteva essere punita molto duramente, soprattutto quando a incaricarsi del castigo era il famigerato Ku Klux Klan, un'associazione segreta di razzisti (segreta per modo di dire: in Alabama ne facevano parte, vantandosene, quasi tutti gli uomini politici piú potenti, tanto repubblicani quanto democratici) i cui principi non si distinguevano quasi in nulla da quelli che un certo Adolf Hitler avrebbe propugnato in Germania alcuni anni dopo. Non lo sopportavano proprio, i signori del Klan, di vedere tutti quegli «sporchi negri» pavoneggiarsi nella divisa dell'esercito americano, e soprattutto non sopportavano l'idea che anche lí, negli stati del Sud, le cose potessero un giorno cambiare togliendo ai bianchi la loro posizione di assoluto predominio. Scatenarono dunque contro la gente di colore un'ondata di violenze selvagge, incendiando, picchiando, trucidando, senza risparmiare nemmeno le chiese dei neri, perché secondo la loro personale versione del Cristianesimo non tutti gli uomini, ma soltanto quelli di pura razza bianca erano stati creati a immagine e somiglianza di Dio; che anche gli altri si arrogassero il diritto di pregare lo ritenevano addirittura un sacrilegio.

Di fronte a tutto ciò, la popolazione di colore era comprensibilmente terrorizzata; ma solo alcuni pensarono a difendersi. Tra questi, appunto, il nonno materno di Rosa, che di notte dormiva presso il focolare sulla sua sedia a dondolo tenendo il fucile carico a portata di mano. – Io non cerco guai, – diceva, – però sono pronto a difendere la mia casa. Se gli uomini del Klan fanno irruzione qui dentro, non so quanto a lungo potrò resistere, ma quel che è certo è che centrerò il primo che attraversa la soglia –. E la piccola Rosa sedeva sul pavimento accanto a lui, senza chiudere occhio per non farsi sorprendere nel sonno. «Qualunque cosa succeda, – pensava, – voglio vederla; voglio vedere il nonno sparare con quel fucile».

Fu proprio lui, Sylvester Edwards, a insegnare per primo alla nipotina a non tollerare maltrattamenti da parte di nessuno. Era di sangue misto, e all'aspetto lo si sarebbe potuto scambiare per un bianco, cosa di cui a volte approfittava per prendersi gioco della mentalità razzista del Sud. Ad esempio aveva l'abitudine di presentarsi ai bianchi che non lo conoscevano tendendo loro la mano, che quelli stringevano senza esitazioni, per poi inorridire quando venivano a sapere di aver scambiato un simile saluto con un «negro». Per giunta si presentava sempre con il proprio cognome, mai con il semplice nome di battesimo come i bianchi si aspettavano dai loro ex schiavi, e non c'era pericolo che li chiamasse «Mister» o «Miss», secondo la consuetudine. Si riteneva, incredibile a dirsi, un loro pari; e quella convinzione profonda, o quell'«impertinenza», come molti la giudicavano, si era trasmessa anche ai suoi discendenti. Attraverso il sangue, forse; certamente attraverso l'esempio e l'educazione.

Sí, per Rosa fu davvero importante crescere accanto a lui. Nata il 4 febbraio 1913 da James McCauley, falegname, e da Leona Edwards, maestra di scuola, già all'età di due anni aveva visto sgretolarsi l'unione dei genitori. La necessità di trovare lavoro, e anche una certa naturale riluttanza a mettere radici in un luogo, spingevano suo padre a trasferirsi continuamente, mentre la madre non si sentiva di affrontare quella vita randagia. Cosí lui lasciò la famiglia e partí in cerca di fortuna, lasciando la moglie e i due figli, Rosa e il piccolo Sylvester, nella casa dei nonni a Pine Level. Sarebbe ricomparso soltanto una volta, quando Rosa aveva cinque anni e suo fratello tre; poi non si sarebbero piú rivisti prima che lei fosse una donna adulta e sposata.

Non c'è quindi da stupirsi che ora, durante questi interminabili minuti di attesa a bordo dell'autobus, il pensiero di Rosa vada in primo luogo a nonno Edwards, l'unica vera figura paterna della sua infanzia. Ma dei giorni vissuti a Pine Level lei non ricorda soltanto la lezione d'orgoglio e dignità appresa quotidianamente in casa; ricorda anche, forse soprattutto, le piccole e grandi ingiustizie in cui si imbatteva quotidianamente appena si avventurava fuori da quelle mura.

Andava a scuola, ovviamente, come tutti i bambini; ma la scuola dei neri non era la scuola dei bianchi. Quest'ultima era un bell'edificio di mattoni costruito con il denaro pubblico (cioè grazie alle tasse pagate da tutti, comprese le persone di colore), riscaldato durante l'inverno a spese del comune, mentre i neri, se volevano dare un'istruzione ai propri figli, dovevano costruirsi la scuola da sé, ed erano i ragazzi stessi a provvedere a riscaldarla alla meglio tagliando legna nei boschi. Nella scuola dei bianchi ogni classe aveva la sua aula, mentre quella dei neri era costituita da una sola stanza; nella scuola dei bianchi le finestre erano chiuse da vetri, in quella dei neri da semplici imposte di legno, che lasciavano passare tutti gli spifferi possibili e immaginabili; i piccoli bianchi potevano contare tutte le mattine su uno scuolabus, dai cui finestrini spesso si divertivano a lanciare rifiuti di ogni genere contro i piccoli neri che dovevano arrancare a piedi per raggiungere la loro bicocca; e se l'anno scolastico, per i primi, durava nove mesi, per i secondi si riduceva a cinque, in modo che i bambini dalla pelle scura potessero dedicarsi senza distrazioni superflue a quello che anche dopo l'abolizione della schiavitú rimaneva il compito «naturale» della gente di colore di tutte le età: piantare il cotone a primavera e raccoglierlo in autunno nelle grandi piantagioni possedute, inutile dirlo, dai bianchi.

Rosa non le dimenticherà mai, quelle giornate in cui con gli altri bambini doveva lavorare non quattro ore, o sei, o otto, ma semplicemente, come si soleva dire, «da quando puoi vederci a quando non puoi piú», cioè dal sorgere della prima luce al momento in cui era troppo buio per continuare. Il sole, con il trascorrere delle ore, avvolgeva la piantagione in una vampa rovente, la sabbia scottava sotto i piedi nudi o le scarpe troppo leggere (perché lí nessuno, salvo il sovrintendente bianco, possedeva calzature adeguate) e spesso i bambini, non riuscendo piú a camminare a causa delle vesciche, dovevano farsi strada tra le piante di cotone trascinandosi sulle ginocchia; se poi capitava che sanguinassero macchiando il prezioso candore del raccolto, il padrone ordinava che venissero frustati, cosí avrebbero imparato a stare piú attenti la prossima volta.

Davvero un gran brutto modo di crescere, specie per una bambina come Rosa, che era gracile e malaticcia, afflitta da una tonsillite cronica. Spesso doveva trascorrere a letto giornate intere, provando un indicibile tormento ogni volta che deglutiva; ma forse anche quei periodi di forzata immobilità contribuirono a sviluppare la sua indole riflessiva. Si poneva molte domande, la piccola Rosa: ad esempio, quando in chiesa sentiva predicare che tutti gli uomini sono ugualmente figli di Dio, a qualunque popolo appartengano, le veniva fatto di chiedersi come si conciliasse una simile idea di fraternità con il famigerato «Jim Crow», ossia il sistema di segregazione razziale in vigore negli stati del Sud; e quando la madre le spiegava che il motto dell'Alabama era «Osiamo difendere i nostri diritti», in un angolo della sua mente si affacciava il sospetto che quel fiero proposito dovesse valere non soltanto per i bianchi, ma anche per i neri.

Ad ogni modo, lei vi si atteneva istintivamente sin da piccola. Aveva una decina d'anni quando un incauto ragazzino bianco la minacciò con il pugno e Rosa, invece di scappare, raccolse un mattone sfidandolo a picchiarla, se ne aveva il coraggio; una sfida che quello pensò bene di non raccogliere. Poi, a casa, la nonna la rimproverò: Rosa doveva imparare una volta per tutte che i bianchi sono bianchi, e che a scanso di guai bisogna sopportare le loro offese senza reagire. Ma lei si rifiutò di impararla, quella rassegnata lezione. Qualche anno dopo, a Montgomery, quando un altro prepotente ragazzo bianco le passò accanto sui pattini a rotelle e tentò di spingerla giú dal marciapiede, si girò e lo spinse a sua volta. La madre del ragazzo, che si trovava nei pressi, accorse inviperita : – Come osi spingere mio figlio? Lo sai o no che per una cosa del genere posso mandarti in prigione e far buttar via la chiave? – E Rosa, senza battere ciglio: – È stato lui a spingere me, e io non potevo permetterglielo, dato che non gli avevo dato nessun fastidio.

Un'altra volta camminava sulla riva di un ruscello con il fratellino Sylvester, che amava moltissimo e si sforzava sempre di proteggere con una sollecitudine quasi materna. I due procedevano tranquillamente, raccogliendo legna per il focolare, finché un gruppo di ragazzi bianchi sui dieci anni cominciò a seguirli minacciando di gettare «il negro», ossia Sylvester, nel torrente. Ma Rosa intervenne: – Voi non butterete in acqua nessuno, altrimenti ci finiremo tutti insieme –. E di nuovo, gli arroganti «padroncini» di razza bianca dovettero arrendersi di fronte alla calma fermezza di quella ragazzina minuta, discendente da generazioni di schiavi, che osava semplicemente difendere i propri diritti e quelli dei suoi cari.

Semplicemente? No, tanto semplice non era. Si trattava di sfuggire a una mentalità radicata tanto tra i bianchi quanto fra la stessa gente di colore, che ormai aveva finito con il considerare la sopraffazione, la disuguaglianza, come una sorta di legge naturale, ribellarsi alla quale sarebbe stato cosí assurdo come pretendere che la pioggia scorresse dal basso verso l'alto o che il sole compisse alla rovescia il suo giro quotidiano. Ma lei, senza saperlo, forse stava percorrendo già allora quel cammino necessario che il primo dicembre 1955 l'avrebbe condotta proprio qui, sulla Cleveland Avenue di Montgomery (oggi Rosa Parks Boulevard), ad attendere l'arrivo della polizia a bordo di un autobus di linea.

## CAPITOLO SECONDO

Nonno Edwards non fu l'unico ad aiutare Rosa a sviluppare la convinzione di essere pari a chiunque altro, indipendentemente dal colore della pelle. La seconda lezione in questo senso non le venne da un nero, ma da un gruppo di donne bianche: le insegnanti della scuola di Miss Alice White, una signora originaria del Massachusetts (quindi di uno stato del Nord, dove l'atteggiamento verso i neri era ben diverso da quello razzista del Sud) che si era trasferita a Montgomery e vi aveva fondato una scuola per offrire un'educazione alle ragazze di colore. Un'iniziativa del genere, naturalmente, non era destinata ad attirarle grandi simpatie da parte della comunità bianca, che anzi, mise subito al bando lei e le sue collaboratrici, in quanto pericolose «nordiste amiche dei negri». Ma questo era ancora niente: piú volte, nel corso degli anni, la scuola dovette subire incendi e aggressioni da parte dei fanatici del Ku Klux Klan; alla fine, nel 1928, sarebbe addirittura stata costretta a chiudere, e Miss White, ormai vecchia, cieca e malata, a tornarsene nel Massachusetts per terminare i suoi giorni in un clima meno ostile.

Davvero un malinconico epilogo, per una vita generosa spesa al servizio degli altri. Ma forse Miss White si sarebbe sentita ripagata di ogni delusione se avesse potuto leggere nel futuro di quell'esile ragazzina di nome Rosa Louise McCauley, che dal 1924 era stata tra le sue allieve.

Per poter proseguire gli studi dopo le elementari (a Pine Level non c'erano scuole medie per i ragazzi di colore) Rosa si era trasferita a Montgomery in casa di una zia. Dopo essere cresciuta in un villaggio sperduto tra le piantagioni, ora, a undici anni, sperimentava la vita di quella che era, se non una metropoli, almeno una città, la capitale dell'Alabama, con le sue piazze, i suoi lunghi viali, i negozi che a chi poteva permetterselo offrivano ogni genere di mercanzia. Qui i neri non dovevano sudare dall'alba al tramonto tra le piante di cotone; ma il «Jim Crow», l'oppressivo regime di segregazione razziale escogitato dalle autorità bianche, manifestava i suoi effetti in modo molto piú evidente. Qui Rosa scoprí che sui tram c'erano posti nei quali poteva sedersi, e altri in cui non poteva senza violare addirittura la legge; qui vide per la prima volta, sulle fontane pubbliche, i cartelli con scritto «*White*» e «*Colored*», e da principio, come molti altri bambini, pensò che quelle diciture si riferissero a una diversa tinta dell'acqua fornita dai rispettivi rubinetti: quella che beveva lei, a quanto sembrava, era «colorata», anche se guardandola non lo si notava affatto, mentre l'altra doveva essere bianca e magari aveva tutt'altro sapore. Solo piú tardi capí che le scritte non si riferivano al colore dell'acqua, ma a quello della pelle di chi aveva il diritto di berla.

È curioso che White, «bianco», fosse anche il cognome della direttrice della sua scuola. Eppure proprio da questa pallida donna venuta dal Nord, da questa figlia della «razza» privilegiata, Rosa imparò non soltanto la grammatica inglese e la geografia, la storia e l'economia domestica; imparò soprattutto, come dirà lei stessa molti anni dopo, «che ero una persona con dignità e rispetto di se stessa e che non dovevo puntare piú in basso di chiunque altro semplicemente perché ero nera».

Questo sentimento di dignità, per Rosa, faceva quasi tutt'uno con il sentimento religioso, e la scuola di Miss White li rafforzò entrambi. Ogni giorno, in classe, si pregava e si leggeva il Vangelo, mentre qualsiasi «frivolezza» di comportamento veniva bandita con una severità che oggi può far sorridere. Ballare, ad esempio, era considerato immorale; e se altre ragazze lo facevano di nascosto fuori della scuola, Rosa si rifiutava fermamente di seguire quel cattivo esempio; allo stesso modo, osservando i precetti di Miss White, era convinta che si commettesse un grave peccato andando al cinema o usando il rossetto. Ma quella religiosità, che per tutta la vita avrebbe costituito uno dei tratti fondamentali della sua natura, non era soltanto bigotteria: era un profondo amore per il bene e la giustizia, una coscienza dell'uguaglianza fra tutti gli uomini che impediva alla sua indignazione di fronte ai soprusi di trasformarsi in odio verso i bianchi. Ed era, prima di ogni altra cosa, la forma in cui si esprimeva il suo rispetto di sé. Cosí tranquilla era Rosa, cosí mite e obbediente... eppure cosí inflessibile quando le sembrava che i suoi principi venissero offesi. E piano piano, quasi impercettibilmente, andava maturando in lei quella forza sommessa e invincibile contro la quale, molti anni dopo, l'onda del pregiudizio razziale avrebbe dovuto infrangersi.

Il suo sogno era di fare la maestra, come la madre; peccato che per chi cresce in una famiglia povera persino i sogni piú semplici a volte siano difficilmente realizzabili. Dopo la chiusura della scuola di Miss White, la ragazza stava proseguendo altrove i suoi studi, quando fu costretta a interromperli per tornare a Pine Level ad assistere la nonna malata. Poi, circa un mese dopo, la nonna morí, ma Rosa ebbe appena il tempo di tornare a Montgomery, riprendere gli studi e trovare il suo primo impiego in una fabbrica di indumenti da lavoro per uomini, prima che un nuovo ostacolo le si parasse davanti: questa volta fu la madre ad ammalarsi e a richiedere la sua assistenza, non avendo altri che potessero prendersi cura di lei. Erano quelli, in America, gli anni della Grande Depressione, una delle piú gravi crisi economiche di tutti i tempi, e Rosa non fu certo la sola a dover accantonare le proprie ambizioni, i propri progetti, per dedicarsi totalmente al duro compito di sbarcare il lunario. Cosí, invece di studiare, trascorse il resto della sua adolescenza facendo le pulizie nelle case dei bianchi, eseguendo piccoli lavori di cucito, vendendo di tanto in tanto un po' di frutta per strada o durante le fiere. Poi, alla sera, andava alla chiesa metodista (quella dei neri, beninteso) e vi attingeva il conforto necessario per sopportare una simile vita con cristiana rassegnazione. Non se ne lamentava mai; perché avrebbe dovuto? Era una sua precisa responsabilità aiutare prima la nonna, poi la madre. Era una cosa che andava fatta, tutto qui.

# CAPITOLO TERZO

«E Parks? Non vedendomi tornare si preoccuperà» pensa Rosa e spera che, se davvero l'arresteranno, le permettano almeno di fargli una telefonata. Raymond Parks, suo marito; ma lo ha sempre chiamato per cognome, come tutti quanti. Fu una comune amica a presentarli nella primavera del '31, quando lei aveva diciott'anni e lui ventotto, e Raymond tentò subito qualche avance, che non ebbe grande successo. Aveva la pelle chiara, quel tizio, quasi come quella di un bianco, e a Rosa gli uomini di pelle chiara non erano mai piaciuti (a parte suo nonno, beninteso: ma quello era un caso speciale).

Insomma, se fosse stato per lei la cosa sarebbe finita lí; Parks, però, era un tipo ostinato, e non si arrendeva tanto facilmente. Qualche giorno dopo andò a farle visita a casa sua, ricevendo un'accoglienza addirittura glaciale, ma neppure questo bastò a scoraggiarlo; tornò ancora, e ancora, finché Rosa cominciò ad accorgersi che in lui, dopotutto, qualcosa non le dispiaceva.

Figlio di un falegname, rimasto orfano da piccolo perché suo padre era precipitato da un tetto, aveva lavorato a lungo come sacrestano in una chiesa dei bianchi, ma se ne era andato sbattendo la porta quando il pastore lo aveva preso a male parole per una presunta negligenza e lui, invece di chinare il capo, gli aveva risposto per le rime; poi si era trasferito altrove e aveva cominciato a guadagnarsi da vivere come barbiere.

«Guarda un po', – pensò Rosa quando udí quella storia. – A parte mio nonno, ecco il primo uomo di mia conoscenza che non ha paura dei bianchi». Ora, guardandolo meglio, si rese conto che non era affatto brutto. E sapeva parlare, senza dubbio: la ragazza sarebbe potuta restare per ore a sentirgli raccontare le sue tante esperienze o a discutere con lui della questione razziale. Sí, perché Parks non era soltanto un tipo fiero e coraggioso, era anche un attivista della NAACP, l'Associazione nazionale per il progresso delle persone di colore, fondata nel 1909 per propugnare i diritti civili dei neri americani, e quando conobbe Rosa era impegnato anima e corpo nel celebre caso degli «Scottsboro Boys».

Con questo nome non venivano designati i membri di una squadra sportiva o di un complesso musicale, ma nove ragazzi tra i dodici e i diciannove anni, che non si conoscevano neppure a vicenda e provenivano da diversi stati del Sud. Due cose, però, avevano in comune: il colore della pelle, e il fatto che il 25 marzo 1931 si fossero trovati a viaggiare tutti insieme su un treno merci dal Tennessee all'Alabama. In quegli anni di crisi e disoccupazione, erano in molti a spostarsi cosí da una località all'altra, spesso in cerca di lavoro, e di quel particolare convoglio, oltre ai nove ragazzi neri, aveva approfittato un nutrito gruppo di bianchi. Erano tutti sullo stesso treno, ma anche tutti nella stessa barca: povera gente, per la quale persino l'acquisto di un biglietto ferroviario rappresentava una spesa insostenibile; eppure nemmeno questo bastava a creare tra loro un sentimento di solidarietà di là dalle barriere razziali. Evidentemente offesi all'idea di dover viaggiare con dei «negri», ben presto i bianchi cominciarono a scagliare contro i ragazzi manciate di ghiaia e a ingiungere loro di scendere dal treno; ma quelli reagirono alla prepotenza, riuscendo infine a spingere giú dal vagone gran parte dei loro aggressori.

Non l'avessero mai fatto. Quando il treno si fermò a Paint Rock, Alabama, per rifornirsi di acqua, trovarono ad attenderli una squadra di bianchi armati che li costrinsero a scendere, con tutte le intenzioni di linciarli. E la polizia non intervenne? Sí, certo che intervenne, ma oltre ad arrestare i piú esagitati tra gli aspiranti linciatori pensò bene di mettere le manette ai polsi dei nove ragazzi, che furono quindi condotti nel vicino carcere di Scottsboro per aver buttato giú dal treno quei bianchi. Tra costoro c'era anche una donna, una prostituta di nome Victoria Price, che il giorno dopo accusò i ragazzi di averla violentata. Per la verità, ne identificò soltanto sei come suoi presunti stupratori, ma la polizia ritenne che se quelli erano colpevoli dovevano esserlo per forza anche gli altri tre. Pazienza se il racconto della donna faceva acqua da tutte le parti: se dichiarava di essere stata minacciata con coltelli e pistole mentre nessun'arma del genere fu trovata né addosso agli imputati né altrove, o di aver subito percosse di cui, come della violenza stessa, i medici non riuscirono a rintracciare il minimo segno sulla sua persona. Sotto la pressione di una folla inferocita, il processo fu celebrato nel modo piú sbrigativo, senza una difesa degna di questo nome, e si concluse con la condanna di otto dei nove ragazzi alla sedia elettrica (il nono venne risparmiato perché aveva soltanto dodici anni).

Questa atroce ingiustizia toglieva il sonno a Raymond Parks. La NAACP, insieme con l'organizzazione comunista

International Labor Defense, era riuscita a far sospendere l'esecuzione ottenendo che venisse celebrato un processo d'appello, e lui si dedicava a raccogliere fondi per pagare la difesa. Un'impresa che avrebbe potuto costargli la vita, dato il clima che si respirava in quei giorni nell'Alabama. Rosa, comunque, era molto fiera di lui.

L'odissea giudiziaria degli Scottsboro Boys sarebbe proseguita con l'assoluzione per alcuni e la commutazione della pena per gli altri, concludendosi soltanto nel 1950, quando l'ultimo di quegli ex-ragazzi avrebbe ottenuto la libertà vigilata. Nel frattempo, Rosa McCauley divenne la signora Rosa Parks: nel dicembre del 1932 sposò il suo Raymond, che essendo uomo dalle decisioni rapide le aveva fatto quella proposta già al secondo appuntamento. La modesta cerimonia si svolse a Pine Level, dalla madre di Rosa, senza altri invitati salvo i membri della famiglia e gli amici piú stretti. A un viaggio di nozze, naturalmente, non era neppure il caso di pensare. Tornati da Pine Level, i novelli sposi si trasferirono subito nella casa che avevano affittato in South Jackson Street: un nido d'amore, certo, ma nei mesi che seguirono anche un luogo di riunioni segrete per gli attivisti impegnati ad aiutare gli Scottsboro Boys. Gli uomini si radunavano intorno alla piccola tavola del soggiorno deponendovi le pistole che avevano portato con sé per difendersi da eventuali aggressioni, mentre Rosa sedeva nel portico sul retro, immobile, atterrita, con i piedi sull'ultimo gradino e la testa appoggiata alle ginocchia, domandandosi perché mai gli uomini di colore non potessero incontrarsi senza correre il rischio di essere picchiati o addirittura uccisi. E forse, in un angolino della mente, si domandava anche per quale ragione a lei, in quanto donna, fosse assolutamente vietato partecipare a quelle riunioni in cui pure si discuteva il destino della sua gente, il suo stesso destino.

Non era certo un «femminista», Raymond Parks; però era un marito premuroso. Incoraggiò la sua giovane moglie a riprendere gli studi sino a ottenere il diploma delle scuole superiori, che allora solo pochissime persone di colore possedevano e che Rosa conseguí nel 1933. Purtroppo nemmeno questo le schiudeva grandi prospettive di impiego: per rimpinguare lo scarso reddito guadagnato dal marito come barbiere alle dipendenze altrui, tutto quello che poté trovare fu un posto da assistente infermiera in un ospedale cittadino, cui affiancò l'attività di cucitrice per una clientela bianca. Cosí, con ago e filo, Rosa Parks si procurava di che vivere, e continuerà a farlo anche quando il suo nome sarà conosciuto e onorato da tutti i neri d'America.

Nel 1941 ottenne un lavoro a Maxwell Field, una base militare situata a pochi chilometri da Montgomery: esperienza strana, piacevolmente sconcertante per una donna abituata alle continue discriminazioni che il «Jim Crow» imponeva in tutti gli stati del Sud. Lí davvero sembrava di essere in un altro mondo: il presidente degli Stati Uniti, Franklin Delano Roosevelt, aveva infatti proibito qualsiasi forma di segregazione razziale nelle strutture dell'esercito americano, con il risultato che Rosa, come tutte le altre persone di colore impiegate laggiú, poteva sedere tranquillamente accanto ai bianchi sui mezzi di trasporto che circolavano all'interno della base; peccato che poi, appena uscita di lí, per fare ritorno in città dovesse prendere un autobus «segregato», nel quale vigevano le regole seguenti:

1. Tutti i passeggeri devono salire sull'autobus dalla porta anteriore per acquistare il biglietto; poi però le persone di colore, invece di attraversare semplicemente il corridoio, devono scendere e risalire dalla porta posteriore per raggiungere i loro posti.
2. I passeggeri di colore possono sedere solo nelle ultime file, a loro riservate, mentre le prime sono a uso esclusivo dei bianchi. Poco importa che ci siano effettivamente dei bianchi a bordo dell'autobus: se non ce ne sono, le prime file dovranno rimanere vuote.
3. Nelle file intermedie, i bianchi hanno il diritto di precedenza, mentre i neri possono sedervisi solo se sono libere.
4. Una volta seduto, il nero dovrà comunque tenersi pronto, all'occorrenza, a cedere il posto a un bianco, persino se il nero fosse un vecchio di ottant'anni o una donna incinta e il bianco un aitante giovanotto pieno di energia.
5. Nel caso che un bianco venga a sedersi in una di queste file intermedie, tutte le persone di colore che si trovano in quella fila (anche dall'altra parte del corridoio) dovranno alzarsi e cercare posto altrove, o rimanere in piedi, per evitare che un membro della «razza superiore» sia costretto a viaggiare fianco a fianco con loro.

Ogni giorno, uscendo dalla base dove veniva trattata come gli altri, Rosa doveva sottostare di nuovo a questa assurda umiliazione, che le risultava tanto piú insopportabile, in quanto ora poteva toccare con mano la possibilità di un mondo diverso e piú giusto. Sí, ora lo sapeva con certezza: il «Jim Crow», con tutte le sue odiose disposizioni ai danni dei neri, non era affatto una legge di natura, e nemmeno una fatalità irrimediabile dinanzi alla quale non rimanesse altro che chinare il capo; era semplicemente un sopruso, una vergogna che l'America avrebbe dovuto cancellare al piú presto anche fuori delle installazioni militari, se davvero voleva mostrarsi degna di essere definita «la terra della Libertà».

Ma perché questo accadesse, bisognava che qualcuno incominciasse a ribellarsi. Rosa non sospettava minimamente che un giorno sarebbe stata lei quel «qualcuno»; non lo sospettò nemmeno quando, in un pomeriggio di novembre del 1943, ebbe il suo primo scontro con James F. Blake, un rude e brutale conducente d'autobus, con un grosso porro vicino alla bocca e la testa imbottita di idee razziste. Il suo passatempo preferito era sputare tabacco dal finestrino dell'autobus centrando le persone di colore che si trovavano a passare e coprendole intanto di insulti irripetibili; ma si divertiva molto anche a far scendere i «negri» dalla porta anteriore, dopo che avevano pagato il biglietto, e a ripartire senza aspettarli prima che potessero raggiungere quella posteriore. Davvero uno spasso vederli restare lí sul marciapiede con un palmo di naso, specie nei giorni di pioggia, o d'estate sotto il sole a picco...

In questo cortese personaggio Rosa si imbatté dunque quel pomeriggio, rientrando a casa nell'ora di punta. La parte posteriore dell'autobus era talmente gremita di passeggeri di colore, che qualcuno si era seduto persino sugli scalini davanti alla porta, rendendo impossibile salire a bordo per quella via; quindi lei, dopo aver fatto il biglietto, si avviò lungo il corridoio in modo da evitare quell'assembramento. Appena la vide, lo zelante James Blake le intimò di scendere immediatamente e di risalire passando dalla porta di dietro.

– Perché dovrei scendere, se sono già sull'autobus? – replicò lei. – E poi, come faccio a salire da dietro, con tutta quella gente ammassata sulla porta?

– E allora vai a piedi, sporca negra. Scendi immediatamente dal mio autobus.

– Il *suo* autobus?

– Perché, hai qualcosa da ridire?

E poiché Rosa non accennava a muoversi, andò verso di lei e la afferrò per una manica del cappotto.

Che fare, a questo punto? Una donna fragile e minuta non avrebbe certo potuto ribellarsi a quell'energumeno, che per giunta aveva la legge dalla sua. Non rimaneva altro che obbedire, e Rosa obbedí, concedendosi però una piccola soddisfazione: mentre riattraversava la parte anteriore dell'autobus (quella sacra e inviolabile, riservata ai bianchi) lasciò cadere la sua borsetta su uno dei sedili e invece di chinarsi semplicemente a raccoglierla prese posto, per un istante, nella fila proibita, recuperando la borsa da quella posizione e lanciando intanto all'autista uno sguardo di sfida.

Blake era in piedi di fronte a lei, cosí furibondo che Rosa non si sarebbe stupita troppo se l'avesse picchiata.

– Scendi dal mio autobus.

– Sí, ora scendo. Però l'avverto: farà meglio a non mettermi le mani addosso.

Poi si avviò verso la porta. Mentre si allontanava sul marciapiede sotto la pioggia scrosciante, sentí uno dei passeggeri di colore che gremivano la parte posteriore dell'autobus mormorare in tono sconcertato: – Ma com'è che non fa il giro e non sale da dietro?

# CAPITOLO QUARTO

Da quel giorno, Rosa evitò accuratamente di salire su un autobus guidato da James Blake. Ma la segregazione sui mezzi di trasporto non era certo l'unica ingiustizia che i neri americani si trovavano costretti a subire: pur essendo da tempo, sulla carta, liberi cittadini di un paese democratico, molto difficilmente vedevano riconosciuto il loro diritto di voto. Già nel 1869 il Congresso aveva approvato il quindicesimo emendamento alla Costituzione, secondo il quale tale diritto non poteva essere negato a nessuno «per ragioni di razza, colore o precedente condizione di schiavitú»; ma la realtà, purtroppo, era diversa, almeno negli stati del Sud, che pur avendo ratificato quell'emendamento le escogitavano tutte per renderlo inefficace.

Per votare, in America, bisogna iscriversi nelle liste elettorali; cosa che i bianchi potevano fare tranquillamente presentandosi agli appositi uffici. Nel Sud invece i neri dovevano trovare un bianco disposto a «garantire» per loro, o altrimenti sottoporsi a un umiliante esame in cui si accertasse che erano in grado di leggere e scrivere e di comprendere la Costituzione degli Stati Uniti. Dopo qualche tempo, la commissione esaminatrice comunicava per posta all'interessato l'esito della prova, con un semplice «Ammesso» o «Respinto», senza essere tenuta a motivare in alcun modo il proprio giudizio. Poi, come se non bastasse, i pochi fortunati che venivano ammessi si trovavano a dover pagare una «tassa elettorale» salatissima, alla quale molte persone di colore non erano in grado di far fronte. Non è che l'avessero istituita apposta per loro (anche se, potendo, l'avrebbero fatto volentieri); ma mentre per gli elettori bianchi, che votavano regolarmente sin da quando avevano raggiunto la maggiore età, si trattava di versare una modesta cifra ogni anno, all'elettore nero, che magari si vedeva riconosciuto il suo diritto sulle soglie della cinquantina, toccava sborsare in un sol colpo tutti gli arretrati.

Comunque sia, Rosa era ben decisa a ottenere quel certificato. Compí il primo tentativo nel 1943, per conseguire il suo scopo, dopo una serie di «bocciature», solo nel '45. Ciò che piú la indignava era il pensiero che proprio in quegli anni tanti giovani con la pelle del colore della sua, sottoposti in patria alle stesse discriminazioni, stavano combattendo per il loro paese nella Seconda guerra mondiale. Tra quei giovani c'era anche Sylvester, il fratello minore che tante volte lei aveva protetto durante l'infanzia e che ora rischiava la vita in terre lontane. Quale accoglienza avrebbe trovato, al ritorno, nello stato dell'Alabama? Gli sarebbe stato permesso oppure no di eleggere il deputato, il senatore o il presidente di sua fiducia in questo paese che ora stava difendendo con le armi?

Di lí a poco tutte queste domande avrebbero trovato risposta; una risposta amara. Nel frattempo, spinta anche dalla questione del diritto di voto che in quegli anni era oggetto di grandi battaglie, Rosa compí un passo molto importante iscrivendosi a sua volta all'organizzazione del marito, la NAACP. Non aveva mai pensato che anche le donne potessero contribuire attivamente alla causa comune, finché, nel dicembre del 1943, non vide per caso su un giornale la foto di una sua ex compagna alla scuola di Miss White, Johnnie Carr: l'unica persona di sesso femminile, allora, tra i membri dell'associazione. Cosí, piú che altro per rivedere la sua vecchia amica, Rosa si recò a una riunione del gruppo. Johnnie non c'era, quel giorno, ma Rosa rimase comunque; pagò la sua quota d'iscrizione e sedette buona buona tra gli altri partecipanti. Poiché questi, tanto per cambiare, erano tutti uomini, quando si trattò di nominare una segretaria fu quasi inevitabile che i loro sguardi si appuntassero istantaneamente su di lei.

Timida com'era, Rosa non ebbe il coraggio di dire di no a quella proposta. Per la verità non disse neppure di sí; si mise semplicemente al lavoro, cominciando a prendere appunti. Mansione piú che appropriata, almeno secondo l'opinione del presidente, E.D. Nixon (un inserviente dei vagoni letto divenuto uno strenuo combattente per i diritti civili), secondo il quale il posto giusto per una donna sarebbe stato la cucina, non fosse che lui aveva proprio bisogno di una segretaria e che Rosa Parks poteva dimostrarsi una segretaria eccellente.

E cosí fu, infatti. Da quel giorno, terminato il lavoro, Rosa si recò quotidianamente nella sede della NAACP, cioè in un ufficio ricavato nella casa del signor Nixon. Qui, dietro le finestre protette da sbarre robuste per evitare aggressioni da parte dei teppisti bianchi, trascorreva quasi tutto il tempo libero prestando gratuitamente la sua opera, rispondendo al telefono, battendo a macchina lettere e documenti con l'abilità di un'esperta dattilografa, organizzando i viaggi e gli incontri pubblici del presidente, e soprattutto occupandosi, sia pure come semplice segretaria, di tutti i grandi problemi che affliggevano allora la popolazione di colore in Alabama; e il venire a contatto con tante iniquità e sopraffazioni contribuí a trasformare il suo senso istintivo della giustizia in una consapevolezza piú matura, da vera attivista politica.

Uno dei suoi compiti principali consisteva appunto nel registrare in un archivio tutti gli episodi di discriminazione o sopraffazione ai danni dei neri. Come quello della donna di colore trascinata in un'automobile e violentata da sei bianchi mentre tornava dalla chiesa: uno dei colpevoli aveva addirittura confessato e fatto il nome dei complici, ma i magistrati non ritennero di dover procedere alla loro incriminazione, quasi che stuprare una «negra» fosse un peccatuccio veniale con cui la giustizia non avesse nessun bisogno di sprecare il proprio tempo. Quando invece era una donna bianca ad accusare un nero di violenza, si procedeva con il massimo rigore, senza stare a guardare troppo per il sottile circa la consistenza delle prove: Rosa l'aveva già imparato all'epoca degli Scottsboro Boys, ma anche ora gli esempi non mancavano. Tanto per citarne uno, quello del fattorino appena diciottenne che una donna bianca aveva attirato in casa sua per concedersi una breve avventura, salvo poi gridare allo stupro appena si era accorta che un vicino li stava spiando. Pur di salvare il proprio «onore», preferí lasciare che il giovane venisse condannato a morte, e cosí avvenne, benché contro di lui ci fosse soltanto la parola della presunta vittima. La parola di una bianca, contro quella di un ragazzo «negro»: tanto bastò perché l'imputato venisse dichiarato colpevole e rinchiuso nel braccio della morte, dove rimase sino al raggiungimento della maggiore età per subire poi la pena capitale.

Invano, in casi del genere, la NAACP e altre organizzazioni simili tentavano di fare ricorso o di opporsi in altro modo al ferreo, implacabile ingranaggio della «giustizia» bianca. Persino la donna che non accettasse di recitare il ruolo di vittima poteva incorrere nei rigori della legge, come accadde a una vedova bianca che, sorpresa dalla polizia in compagnia del suo amante di colore, si rifiutò categoricamente di usare la tradizionale scappatoia dell'accusa di stupro, anzi, fu cosí franca e coraggiosa da ammettere la loro relazione, e di conseguenza venne arrestata insieme con lui. Sí, perché, proprio come nella Germania hitleriana, negli stati del Sud l'amore tra due persone «di razza diversa» era considerato un vero e proprio crimine. In seguito i due furono rilasciati: l'uomo abbandonò la città, la donna rimase, ma in un clima cosí ostile da indurla addirittura a togliersi la vita.

Tutto questo avveniva allora nella «terra della Libertà» e Rosa, da brava segretaria, ne prendeva nota, non solo sulla carta, ma nel profondo dell'animo. E adesso quei nomi, quei volti, quelle tante vittime invendicate, riaffiorano alla sua memoria mentre attende sull'autobus l'arrivo della polizia. Ciò che sta facendo, lo fa soprattutto per loro: per la sua sorella nera violentata sull'auto, per il povero fattorino rinchiuso nel braccio della morte, ma anche per quella donna bianca colpevole soltanto di essersi innamorata. Sembra che tutti loro adesso le dicano di non arrendersi, di tenere duro, come deve fare chi sa di essere nel giusto.

Era il Natale del 1945 quando suo fratello Sylvester tornò finalmente dalla guerra. Aveva combattuto in Europa e nel Pacifico, aveva indossato con onore l'uniforme e ora si figurava che sarebbe stato accolto con gratitudine, o almeno con rispetto, nel proprio paese. La stessa cosa immaginavano i tanti reduci di pelle nera, ormai abituati ad essere salutati come eroi, non meno dei loro commilitoni bianchi, nelle città liberate. Laggiú avevano potuto socializzare da pari a pari con la popolazione, alcuni avevano persino sposato ragazze italiane o bavaresi dalla carnagione non meno chiara di quella di qualsiasi «Miss» dell'Alabama, e davvero sembrava a molti che la campagna della NAACP per una «Doppia V», cioè per una vittoria non solo sulla Germania razzista, ma anche sul razzismo in patria, fosse destinata al successo.

Si sbagliavano, purtroppo. Ai soliti «benpensanti» del Sud (gli stessi che durante la guerra accoglievano nei locali pubblici i prigionieri tedeschi facendoli passare per la porta principale mentre costringevano le loro guardie americane di colore a entrare dal retro, e che esigevano per i caduti camere mortuarie, sepolture, persino colonne dei necrologi separate secondo la «razza») proprio non andava giú di vedere quei reduci pavoneggiarsi nella divisa americana; quando poi capitava loro sott'occhio qualche foto scattata all'indomani della liberazione in cui soldati dalla pelle nera danzavano come se niente fosse con le donne europee, sentivano il sangue rimescolarsi dinanzi a un simile oltraggio alla «purezza della razza». E siccome tra questi benpensanti non pochi erano gente disposta, all'occasione, a passare alle vie di fatto, come tutto ringraziamento per il loro sacrificio i neri si videro sottoposti a una nuova ondata di violenze e angherie. Uno di loro, un uomo del South Carolina appena congedato dall'esercito, fu aggredito su un autobus da un bianco che lo colpí alla testa ferendolo gravemente. La giuria, interamente composta da bianchi, impiegò appena un quarto d'ora per mandare assolto l'aggressore, non prima che l'avvocato di quest'ultimo avesse dichiarato, tra il plauso generale: – Se oserete procedere contro quest'uomo, ci sarà una nuova secessione del South Carolina.

Altro che gratitudine, o rispetto: che un nero fosse anche soldato americano sembrava costituire addirittura un'aggravante. I reduci erano trattati ancora peggio degli altri, e se tentavano di iscriversi alle liste elettorali venivano immancabilmente respinti. Per forza: a furia di combattere per il proprio paese erano diventati «impertinenti», bisognava pure che qualcuno pensasse a rimetterli al loro posto.

Sylvester McCauley, però, non era tipo da accettare un simile trattamento. Quando si trovò preso a sputi dalla plebaglia razzista, quando vide che la sua fierezza faceva di lui un individuo «indesiderabile» agli occhi delle autorità e che nessuno, a Montgomery, era disposto a offrirgli un lavoro, decise di lasciare il Sud per trasferirsi con moglie e figli nella piú progredita città di Detroit. Una scelta che non ebbe mai motivo di rimpiangere, tanto è vero che, vita natural durante, non rimise piú piede in Alabama nemmeno per una fuggevole visita.

Non che Detroit fosse esattamente il paradiso in terra. Anche Rosa ebbe modo di accorgersene quando, pochi mesi dopo il suo trasferimento, andò a trovare il fratello in quella fredda metropoli del Michigan. Era la prima volta che varcava i confini dell'Alabama, e nonostante tutto sentiva una grande nostalgia di casa: del marito e della madre, che dopo la guerra era andata a vivere con loro, ma anche dei colori, della mitezza del clima, delle chiese nere del Sud dove le prediche erano punteggiate di grida festose da parte dei fedeli. Qui invece tutto era grigio e severo, gelido come la neve che imbiancava le strade o come il vento che spirava dal lago Erie. E poi, se è vero che qui si era piú liberi, che non esisteva alcuna forma di «segregazione» e sugli autobus ci si poteva sedere dove si voleva, i bianchi, in cuor loro, non erano tanto meno razzisti che nell'Alabama né piú disposti a concedere alle persone di colore un'autentica parità.

Per tutti questi motivi, Rosa non prese neppure in considerazione l'idea di seguire l'esempio del fratello. Ma forse il motivo piú profondo era un altro: forse sentiva oscuramente che anche lei, come Sylvester, aveva una propria guerra da combattere, e che un soldato degno di questo nome non poteva in nessun caso disertare il campo di battaglia.

# CAPITOLO QUINTO

Tornò dunque a Montgomery, e riprese a dividere il proprio tempo tra le cure domestiche, il lavoro di cucitrice presso un grande magazzino e l'attività di volontaria per la NAACP, senza trascurare la chiesa nera metodista dove, da quella donna devota che era, si recava ogni domenica a preparare l'occorrente per la funzione: pane, vino, e un bel telo immacolato di lino sul quale appoggiarli. Insegnava inoltre il catechismo alla scuola domenicale, con grande passione, perché le piaceva molto il contatto con i ragazzi.

Anche la sua «carriera» nella NAACP ebbe a che fare con loro: nel '49 fu nominata consulente dello Youth Council, un organismo che si proponeva di formare le nuove generazioni educandole alla consapevolezza dei propri diritti. Molti fra i partecipanti erano studenti delle scuole medie e superiori, che per il colore della loro pelle erano sottoposti a una particolare discriminazione. A Montgomery infatti (cosa che a questo punto non dovrebbe sorprendere) c'erano allora due biblioteche separate, quella principale, riservata ai bianchi, e una piú piccola e modesta per i neri. Erano situate a grande distanza l'una dall'altra, e la seconda era molto meno fornita della prima. Di conseguenza, se uno studente di colore aveva bisogno di un libro non disponibile nella sua biblioteca, doveva recarvisi e chiedere che il volume venisse ordinato presso la biblioteca dei bianchi; questa poi lo mandava con comodo, costringendo lo studente all'attesa e a una seconda visita. Rosa e i suoi ragazzi ebbero un bel presentarsi in gruppo, piú e piú volte, alla biblioteca principale, per chiedere che questa assurda procedura venisse semplificata: tutti i loro sforzi furono inutili.

Eppure quello con i giovanissimi era per lei un lavoro di grande soddisfazione: non avendo figli propri, riversava su di loro il suo istinto di guida e di protezione e veniva ripagata da un grandissimo affetto. Si dedicava con impegno a leggere libri come *La capanna dello zio Tom* a un pubblico di bambini che la seguiva sgranando gli occhi, o a organizzare corsi di ortografia per i piú grandi; ma soprattutto tentava di trasmettere loro quello stesso senso di dignità che lei aveva appreso da suo nonno, nei lontani anni d'infanzia trascorsi a Pine Level, perché un giorno potessero sentirsi non «negri», ma semplicemente uomini, e sostenere con fermezza il proprio diritto a essere trattati come tali.

Un bel giorno sembrò che le piú alte autorità americane fossero finalmente disposte a intervenire per difendere questo diritto: a Rosa salirono le lacrime agli occhi quando, il 17 maggio 1954, lesse la sentenza della Corte Suprema sulla causa *Brown contro il Ministero della Pubblica istruzione*. Il querelante, patrocinato da agguerriti legali della NAACP, era ricorso al massimo organo della giustizia statunitense sostenendo che le scuole separate per i bianchi e per i neri violavano un articolo fondamentale della Costituzione, quello che garantiva a tutti i cittadini uguaglianza e uguale protezione da parte della legge. All'unanimità, la Corte gli diede ragione e stabilí che i singoli stati dovessero procedere con la massima rapidità a porre fine a ogni discriminazione razziale nel campo dell'istruzione creando scuole non segregate, dove a tutti gli studenti fossero offerte le stesse opportunità indipendentemente dal colore della loro pelle.

Ma se la segregazione era illegale nelle scuole, non lo era forse dappertutto? Sugli autobus, alle fontane pubbliche, in quei negozi del centro dove ai «negri» era addirittura vietato provarsi un abito perché non lo contaminassero con il loro odore? Sí, sembrava proprio che quella sentenza fosse destinata ad abbattere il mostruoso edificio del «Jim Crow» minandolo sin nelle fondamenta, e una simile speranza accese di entusiasmo il cuore dei neri d'America, come forse non era mai avvenuto dal lontano giorno in cui il presidente Abramo Lincoln aveva abolito la schiavitú.

Cosí, quel 17 di maggio, mentre Rosa leggeva ai ragazzi la sua voce era attraversata da un tremito di emozione, e gli occhi le scintillavano passando in rassegna i piccoli volti assiepati intorno a lei.

Le cose stavano davvero cambiando, ma non cosí rapidamente come i piú fiduciosi si sarebbero aspettati. Occorreva ancora una lotta lunga e difficile, nella quale però la gente di colore non era completamente sola. Oltre ai bianchi imbottiti di pregiudizi razziali, che negli stati del Sud costituivano purtroppo la maggioranza dell'opinione pubblica, ve n'erano alcuni che consideravano intollerabile ogni forma di discriminazione e si battevano con tutte le loro forze per eliminarla. Rosa aveva già incontrato una donna bianca di questo genere: Miss White, la fondatrice della sua vecchia scuola; e ora, varcata la soglia dei quarant'anni, ebbe la ventura di conoscerne un'altra.

Fu il signor Nixon a presentargliela. Si chiamava Virginia ed era la moglie di Clifford Durr, un avvocato progressista che aveva già fatto molto per la causa dei neri e di conseguenza era stato messo al bando dalla cosiddetta buona società. Virginia lavorava con lui, fianco a fianco, facendogli da segretaria. Nata nel Sud, in una famiglia vecchio stile che credeva nella segregazione come nel piú ovvio e sacrosanto dei principi, era però stata educata nel Nord, dove aveva cambiato completamente la propria mentalità, arrivando a odiare dal profondo del cuore ogni genere di razzismo o fanatismo. Ora, a Montgomery, sfidava a viso aperto il proprio ambiente d'origine organizzando in casa propria gruppi di preghiera cui partecipavano, insieme, donne bianche e di colore: un vero e proprio scandalo, agli occhi di molti, qualcosa che una «signora» come Virginia non si sarebbe mai dovuta permettere.

Una signora lo era, senza dubbio: cosí diversa, per nascita, educazione e abitudini, da una modesta cucitrice come Rosa Parks. E infatti, appena l'ebbe conosciuta ed ebbe appreso quale fosse il suo mestiere, Virginia le chiese immediatamente di lavorare per lei a preparare il corredo di sua figlia, che doveva sposarsi di lí a poco. Rosa accettò, e da allora si recò spesso nell'elegante dimora dei Durr, sedendo con la padrona di casa nel portico a colonne a cucire, osservare le acrobazie degli scoiattoli tra i rami del giardino, conversare e discutere dei piú svariati argomenti.

Rosa era una donna fiera e consapevole di sé, non certo una «negra impertinente»; anzi, come tutte le persone orgogliose, teneva molto a «rimanere al suo posto». Si ostinò sempre a chiamare Virginia «signora Durr», sebbene questa la invitasse a usare il nome di battesimo (che è come fosse, in italiano, passare al «tu»); eppure sentí ben presto di aver trovato in lei non una datrice di lavoro, ma una vera amica e una preziosa compagna di lotta, mentre Virginia, a sua volta, ammirava sempre piú in quella timida e dimessa cucitrice l'eleganza d'animo di un'autentica «dama del Sud».

Virginia era una donna colta e istruita, e spesso prestava i suoi libri alla nuova amica aiutandola ad ampliare i propri orizzonti; ma forse la cosa piú importante che fece per lei fu di procurarle un invito alla Highlander Folk School, un'istituzione progressista del Tennessee che si occupava di questioni sociali e razziali e che, quasi un anno dopo la sentenza *Brown contro il Ministero della Pubblica istruzione*, aveva organizzato un seminario di dieci giorni dal titolo *Desegregazione razziale: attuare la decisione della Corte Suprema*. Pochi argomenti avrebbero potuto presentare maggiore interesse agli occhi di Rosa, che si iscrisse a quel seminario e, nell'estate del '55, ottenuto un permesso dal grande magazzino per cui lavorava e accettando la generosa offerta dell'amica di pagarle le spese, partí per la pittoresca località dei Monti Appalachi dove aveva sede la scuola.

Sorgeva in magnifica posizione su un pianoro, circondata da giardini e da pascoli, ed era costituita da una mezza dozzina di edifici tra i quali una grande biblioteca che conteneva piú di tremila volumi. Ma quello che Virginia non le aveva detto era che si trattava di una scuola «bianca»: non solo al suo interno, ma in tutta la zona circostante le uniche persone di colore erano quelle che frequentavano il seminario.

Sulle prime, questo la fece sentire spaesata e accrebbe la sua timidezza. Già all'arrivo, scendendo alla fermata del pullman, provò un grande sconcerto vedendo che al posto di guida della macchina venuta a prenderla per portarla alla scuola sedeva un uomo di indubbia origine europea. Un autista bianco per una donna nera... In che specie di strano mondo alla rovescia era mai capitata? E poi, lassú, essere servita invece di servire, trovarsi circondata dalle cure piú premurose da parte del personale bianco, partecipare a quelle riunioni in cui tutti, indipendentemente dal colore, si chiamavano a vicenda «fratello» e «sorella»... C'era di che ammutolire dalla meraviglia, e infatti, i primi giorni, Rosa ascoltava gli interventi degli altri senza mai aprir bocca, anche perché le sembrava che tutti i suoi quarantasette compagni di corso fossero di gran lunga piú istruiti e brillanti di lei.

Poi però cominciò a rinfrancarsi (ora provava un grande piacere, la mattina, nel sentire l'odore del caffè e della pancetta che friggeva e pensare che erano i bianchi a preparare la sua colazione), e cominciò anche a partecipare piú attivamente al seminario, catturando l'interesse generale con il racconto dei maltrattamenti inflitti ai neri nella città di Montgomery e in particolare delle amare traversie cui era andato incontro suo fratello al ritorno dalla guerra.

Ma la cosa piú importante era un'altra: per la prima volta, a quarantadue anni, Rosa sentiva di trovarsi in un ambiente nel quale il colore della pelle non aveva la minima importanza. Per la prima volta lei stessa poteva quasi dimenticare di essere nera e immergersi nella vita di una libera comunità dove collaboravano in pace e armonia persone di origine diversa, dai diversi tratti somatici, ma tutte appartenenti all'unica vera «razza»: quella umana.

Certo, un esempio del genere dava fastidio a molti: da tempo la Highlander Folk School era guardata con ostilità sia dai bianchi del Tennessee (non meno imbevuti di pregiudizi dei loro vicini dell'Alabama), sia dalle stesse autorità che consideravano il suo fondatore un pericoloso «comunista». Persino durante il suo breve soggiorno Rosa ebbe modo di sperimentare gli effetti di un simile clima, quando la polizia locale fece irruzione nella scuola, ne chiuse con i sigilli gli edifici e arrestò con un'accusa falsa e pretestuosa Septima Clark, un'attivista nera della NAACP, insegnante all'Highlander, in cui lei aveva subito scorto una sorta di modello. Allora, una volta di piú, comprese che uguaglianza e giustizia non potevano esistere semplicemente come oasi felici in un deserto di iniquità, ma dovevano affermarsi dappertutto, imporre il loro esempio all'intera nazione; e cosí, da quell'idilliaco scenario dei Monti Appalachi, fece ritorno alla sua Montgomery e alla dura lotta quotidiana contro il pregiudizio.

# CAPITOLO SESTO

Di questa lotta, in cui i militanti della NAACP erano impegnati anima e corpo, una parte importante era costituita dal tentativo di far abolire il sistema della segregazione sui mezzi di trasporto. Un precedente c'era stato alcuni anni prima a Baton Rouge, in Louisiana, dove il Consiglio comunale aveva approvato una nuova ordinanza apparentemente ovvia, ma all'epoca addirittura rivoluzionaria, secondo la quale sui mezzi pubblici doveva valere la regola: «Chi arriva per primo, per primo si siede». Apriti cielo! I bravi cittadini bianchi si indignarono a tal segno da accusare il sindaco di essere un «lacchè dei negri» e gli autisti degli autobus scioperarono, spalleggiati dal procuratore generale della Lousiana che dichiarò quell'ordinanza «in conflitto con le leggi dello Stato», imponendone il ritiro. A quel punto, però, la popolazione di colore reagí: le chiese nere organizzarono un boicottaggio degli autobus cittadini che costò alla compagnia milleseicento dollari al giorno per due intere settimane. Perché i neri, a Baton Rouge, erano tanti, e se decidevano di andare a piedi invece di comprare i biglietti dell'autobus, le conseguenze si facevano sentire eccome. Forse sarebbero riusciti a ottenere una piena vittoria, se gli organizzatori della protesta non si fossero infine piegati a una soluzione di compromesso: i due sedili davanti riservati ai bianchi, il lungo sedile in fondo riservato ai neri e i posti nel mezzo liberamente accessibili. Una soluzione alquanto deludente, che manteneva intatto il principio della segregazione.

A Montgomery, comunque, la vicenda di Baton Rouge era stata seguita con grande interesse, e a Nixon venne l'idea che si potesse prenderla a modello: questa volta, beninteso, senza lasciare le cose a metà. Ne discuteva spesso, con i suoi amici Durr, con la segretaria Rosa Parks e con Jo Ann Robinson, una docente universitaria d'inglese molto attiva nel movimento femminile e in grado di mobilitare le donne di colore per sostenere una protesta.

Le prospettive però non sembravano molto incoraggianti, anche perché i neri di Montgomery avevano ormai maturato una sorta di assuefazione al regime del «Jim Crow» e un radicale scetticismo quanto alla possibilità che le cose potessero cambiare. A Jo Ann Robinson, originaria del Nord, che si lamentava con loro perché le persone di colore subivano un cosí cattivo trattamento sugli autobus pur costituendo oltre il sessantacinque per cento dei passeggeri, le donne del posto replicavano stringendosi nelle spalle: «Be', cosa vuoi farci? Qui a Montgomery è un fatto normale della vita». E quando Rosa cominciò a sondare il terreno presso la sua gente in vista di un eventuale boicottaggio, si sentí dare risposte del tipo: «Ma come faccio? Io lavoro troppo lontano da casa per poter andare a piedi».

Stando cosí le cose, i dirigenti della NAACP temettero di andare incontro a un clamoroso fallimento e presero a cercare strade diverse per ottenere il loro scopo. La strada legale, ad esempio: citare in giudizio la municipalità di Montgomery per la segregazione sugli autobus, seguendo il celebre esempio della causa *Brown contro il Ministero della Pubblica istruzione*.

Ma per intentare una causa, occorreva qualcuno disposto ad assumersi il ruolo del querelante. Molti credettero di avere trovato questo qualcuno in Claudette Colvin, un'adolescente che nella primavera del '55 era stata arrestata per aver rifiutato di cedere il suo posto a un bianco nella sezione intermedia di un autobus. Tanto per cominciare, dopo questo episodio gli attivisti della NAACP scrissero una petizione alla compagnia dei trasporti in cui si chiedeva di usare maggiore cortesia verso i passeggeri di colore; quando però si trattò di consegnare questa petizione alle autorità, Rosa non si sentí di unirsi agli altri: a titolo puramente personale, ma con la saldezza di principi che da sempre la contraddistingueva, aveva deciso che non sarebbe mai andata da nessuna parte con un foglio in mano per chiedere un favore ai bianchi. Si trattava di combattere un'ingiustizia, di affermare un diritto, non certo di mendicare un po' di gentilezza.

Qualche giorno dopo partecipò invece all'incontro che Nixon e Jo Ann Robinson tennero con Claudette Colvin per discutere della possibilità di portare il suo caso davanti alla Corte Federale. Claudette accettò volentieri, e già stava partendo la raccolta dei fondi per finanziare la causa quando si scoprí che la ragazza, quindicenne e nubile, era in stato interessante. Data la mentalità dell'epoca, questo sarebbe bastato ad alienarle completamente le simpatie dell'opinione pubblica, compresa quella di colore; perciò non rimase altro che dirle: «Grazie, abbiamo cambiato idea» e cercare un'altra, meno discutibile figura di querelante.

Qualche tempo dopo fu presa in considerazione un'altra ragazza, la diciottenne Mary Louise Smith, coinvolta in un episodio molto simile a quello che aveva condotto all'arresto di Claudette. Ma neppure lei era irreprensibile: veniva da una famiglia un po' equivoca, con un padre alcolizzato, il che rendeva piuttosto rischioso affidarle il ruolo della martire. Ci voleva, decisero i membri della NAACP, una persona assolutamente integerrima, sulla quale nemmeno il piú ostile e prevenuto degli osservatori avrebbe potuto trovare alcunché da ridire. Ma dove trovarla, una persona del genere? A questa domanda tutti i presenti, ormai sfiduciati, risposero scuotendo il capo, tutti compresa Rosa, che sedeva come sempre nel suo angolino a tenere scrupolosamente il verbale della riunione.

Tra speranze e delusioni, la vita quotidiana procedeva come di consueto. Dopo l'entusiasmante esperienza della Highlander, Rosa aveva ripreso il suo lavoro alla sartoria che si trovava nel seminterrato del Montgomery Fair Department Store, un grande magazzino della città. Era un ambiente umido e soffocante, quasi insopportabile nell'afa di agosto; e a renderlo ancora piú insopportabile era il fatto che Rosa, come tutte le sue colleghe, aveva l'obbligo di mostrarsi sempre allegra e gentile con i clienti, per quanto rudemente questi la trattassero.

Anche nell'atmosfera che regnava in città sembrava riflettersi qualcosa della stagione: c'era una grande tensione nell'aria, l'inquietudine e l'impulso di ribellione crescevano giorno dopo giorno tra i neri, come quelle scure e minacciose nuvole estive che si accumulano a lungo prima di dar luogo a un temporale; ma nulla ancora accadeva, e a volte Rosa aveva l'impressione che nulla sarebbe mai accaduto: solo un eterno perpetuarsi dell'ingiustizia in quelle strade arroventate dalla canicola, dove uomini e donne di colore erano costretti ad aggirarsi come stranieri mal tollerati nella loro stessa patria.

Una sera però, il 14 agosto del 1955, Rosa fece un incontro che riaccese le sue speranze. Si era recata a una riunione indetta dalla NAACP in una chiesa della città. Il pubblico era scarso, appena una trentina di persone, e lei sedeva in prima fila accanto alla sua amica Johnnie Carr. Stanca com'era, dopo una lunga ed estenuante giornata di lavoro, ascoltava un po' distrattamente gli oratori che si avvicendavano sul palco, quando prese la parola un giovane uomo che lei non aveva mai visto. Allora, di colpo, si fece attentissima, perché nelle parole di quell'uomo c'era una forza a lei sconosciuta, una forza cosí grande che avrebbe potuto smuovere le montagne. Dopo qualche minuto, sentí il gomito dell'amica bussare leggermente contro le sue costole: – Ehi! Questo qui è tutta un'altra cosa!

Sí, era davvero un'altra cosa: non solo per l'eloquio da persona istruita dell'oratore o per la sua perfetta padronanza degli argomenti che affrontava, ma perché ascoltandolo si aveva davvero l'impressione che il sogno fosse, non potesse che essere, a portata di mano; che la causa del bene non potesse che prevalere, piegando a sé il cuore di tutti gli uomini di buona volontà con la stessa potenza incontrastabile con cui la voce robusta e profonda del giovane sul palco trascinava e avvinceva ognuno degli ascoltatori.

– Alcuni di noi, – disse a un certo punto, – devono addossarsi il fardello di tentare di salvare l'anima dell'America – ; e quando udí queste parole, Rosa rimase stranamente colpita, come se per qualche oscura ragione riguardassero proprio lei. Per assurdo che potesse sembrare, aveva l'impressione che l'oratore, nel pronunciarle, la guardasse dritto negli occhi.

– Ma chi è, si può sapere? – sussurrò all'amica.

– Un nuovo pastore, appena arrivato dall'università di Boston: il reverendo Martin Luther King.

Già, era proprio lui: lo sconosciuto pastore battista il cui nome sarebbe ben presto diventato famoso in tutto il mondo, il futuro leader del movimento per i diritti civili che con i suoi discorsi avrebbe saputo scuotere la coscienza dell'America. Ma Rosa allora non poteva certo presentire quale importanza avrebbe avuto quell'uomo nella sua vita, e anche l'entusiasmo che aveva provato ascoltandolo parlare si spense ben presto di fronte a un agghiacciante fatto di cronaca accaduto in quegli stessi giorni.

La brutale uccisione di un ragazzo di quattordici anni: Emmett Till. Un ragazzo di colore, naturalmente, che da Chicago, la città del Nord dove viveva, era venuto nel Sud per fare visita a uno zio, senza sapere che quaggiú un nero poteva pagare a caro prezzo il piú innocente degli scherzi. La sua colpa fu semplicemente di aver detto «Ciao, bambina» a una donna bianca, uscendo dal suo negozio in un villaggio del Mississippi. Per punirlo di aver osato tanto, il marito della donna e suo cognato lo rapirono e lo trucidarono nel modo piú barbaro; tre giorni dopo, il suo corpo, con il cranio sfondato, un occhio fuori dell'orbita, una pallottola nel cervello e la ventola di una sgranatrice di cotone del peso di trenta chili legata intorno al collo con il filo spinato, fu ritrovato in un fiume, destando raccapriccio nell'intera nazione. Quando la salma fu riportata a Chicago, la madre del ragazzo ucciso volle che il funerale fosse celebrato con la bara aperta, in modo che tutti vedessero a quali atroci risultati potesse condurre il fanatismo razzista. – Avete mai mandato in vacanza un figlio amatissimo, –

dichiarò ai giornalisti, – perché vi tornasse indietro in una cassa di legno, cosí orribilmente massacrato e impregnato d'acqua che qualcuno deve dirvi che quello spettacolo ripugnante è proprio lui, vostro figlio... linciato?

Rosa lesse queste parole con le lacrime agli occhi. E pianse di nuovo, di dolore e di rabbia, quando una giuria composta come sempre di soli bianchi dichiarò «non colpevoli» gli autori dello scempio, dopo appena un'ora di discussione e nonostante la loro identificazione da parte di testimoni oculari. Quel giorno, per le strade di Montgomery, non si incontrava un nero sul cui volto non si potessero leggere gli stessi sentimenti: dolore, e soprattutto rabbia, la rabbia sorda e pronta a esplodere di una popolazione martoriata.

# CAPITOLO SETTIMO

Non è trascorso molto tempo da allora: appena pochi mesi. È il primo dicembre 1955, un giorno destinato a far epoca nella vita di Rosa e anche nella storia del suo paese. Lei, però, non lo sospettava minimamente questa mattina, quando si è alzata come al solito di buon'ora per recarsi al lavoro con l'autobus della Cleveland Avenue.

Fuori c'era un freddo pungente, e Rosa si è dovuta stringere nel soprabito scendendo alla fermata di Court Square. Poi, ecco il grande magazzino, che già esibiva giocattoli e articoli da regalo disposti scenograficamente nelle vetrine in previsione delle feste, oltre a un gigantesco albero di Natale, tutto disseminato di luci intermittenti e oggetto di ammirato interesse da parte dei bambini. Lei però non aveva tempo di fermarsi a osservare tutto questo, né monete da gettare al militante dell'Esercito della Salvezza che chiedeva oboli ai passanti sul marciapiede al suono squillante di una campanella: doveva scendere alla svelta nel seminterrato e mettersi a cucire accanto alle colleghe in quel tetro, umido stanzone, dove la scritta «Buon Natale e felice anno nuovo», a stento leggibile su un grosso striscione già spiegazzato e macchiato dall'acqua, ricordava quasi beffardamente la gaiezza che si respirava ai piani superiori.

Quella che si sarebbe celebrata di lí a poco era la nascita di una grande promessa; una promessa che, per una cristiana fervente come lei, era certa e indubitabile come la luce del sole. Ma nel seminterrato il sole non entrava, e mentre si consumava gli occhi cucendo al chiarore avaro delle lampadine, Rosa si domandò se sarebbe mai venuto un giorno in cui tutti gli uomini, bianchi e neri, fossero davvero uguali sulla terra cosí come lo erano davanti a Dio.

Ad ogni modo, c'erano preoccupazioni piú urgenti: come ogni anno, a dicembre nella sartoria del grande magazzino bisognava lavorare il doppio che negli altri mesi, e Rosa aveva il suo da fare a cucire orli, accorciare maniche, stringere o allargare vite, continuando sempre a consacrare un angolino della mente a un importante seminario che stava organizzando per la NAACP.

Insomma, tutto considerato sembrava proprio un giorno come tanti altri, solo un po' piú faticoso. Dopo l'intervallo del pranzo Rosa ha continuato a lavorare fino alle cinque, poi, stanca e indolenzita, con i piedi gonfi e la schiena a pezzi, si è avviata secondo il solito alla fermata dell'autobus. C'era una gran folla, però, e lei non aveva voglia di fare a gomitate per conquistarsi un posto; cosí ha attraversato la strada e si è recata in un negozio a effettuare alcuni acquisti: aspirina, dentifricio, e qualche regalino di Natale destinato ai suoi cari. Avrebbe voluto comprare anche uno scaldaletto, ma costava decisamente troppo: meglio rassegnarsi a patire il freddo che imbarcarsi in una spesa simile.

Eccola di nuovo alla fermata dell'autobus. Sale a bordo, stordita dalla stanchezza, e solo quando ha già pagato il biglietto riconosce l'autista: sí, non c'è dubbio che sia lui, il colorito acceso e il grosso porro vicino alla bocca sono assolutamente inconfondibili. Proprio lui, James F. Blake, l'uomo che dodici anni prima l'aveva brutalmente costretta a scendere dal «suo autobus» e che da allora lei si era sempre proposta di evitare. Ma ormai è troppo tardi per tornare indietro; non resta che far finta di niente e andare a cercarsi un posto. Ce n'è giusto uno libero nella parte centrale, sulla prima fila non riservata ai bianchi, e Rosa vi si siede, con un sospiro di sollievo. Che bella cosa, poter appoggiare finalmente a uno schienale le spalle doloranti... Soprappensiero, non si guarda troppo intorno, ma nota che alla sua destra siede un uomo di colore, mentre dall'altra parte del corridoio ci sono due donne nere immerse in una fitta conversazione. Davanti a lei, nel settore dei bianchi, rimangono parecchi posti liberi, il che la rassicura facendole prevedere un viaggio tranquillo.

Quando però l'autobus si ferma di nuovo davanti all'Empire Theatre, i passeggeri bianchi salgono in tal numero da occupare tutti i sedili anteriori, e uno di loro rimane in piedi. Con il cuore in gola, Rosa vede l'autista voltarsi e posare lo sguardo prima su quel passeggero, poi sulla fila in cui lei è seduta.

– Forza, sgombratemi quei posti lí di fronte, – grida ai quattro passeggeri di colore nel solito tono arrogante. E poiché nessuno di loro accenna a muoversi, aggiunge incollerito: – Farete meglio a togliervi di mezzo e a lasciarmi quei posti.

Allora l'uomo seduto alla destra di Rosa si alza, e anche le due donne sedute dall'altra parte del corridoio si affrettano ad alzarsi per obbedire all'ingiunzione dell'autista; solo Rosa non obbedisce; si sposta semplicemente sul sedile di fianco, quello presso il finestrino, dove prima stava l'uomo, e lí rimane, e lí intende rimanere. Non perché sia cosí vecchia (ha soltanto quarantadue anni) o cosí stanca dopo una giornata di lavoro da non poter viaggiare in piedi per qualche fermata. No: l'unica cosa di cui è davvero stanca è di arrendersi, di dover cedere ogni volta alla prepotenza dei bianchi. E mentre l'autista, il viso paonazzo, muove a grandi passi verso di lei, le torna vivida davanti agli occhi l'immagine di suo nonno seduto presso il focolare con il fucile accanto.

– Allora, vuoi alzarti o no? – dice Blake, la cui alta figura ora torreggia minacciosa davanti a lei.

– No, – risponde Rosa: semplicemente, con calma, senza piú provare ombra di apprensione.

A quella risposta, l'autista dapprima rimane interdetto. Come è possibile che quella donna «negra», cosí minuta e dall'aria cosí fragile, osi ribellarsi apertamente al suo ordine, anzi, ne è piú che convinto, all'ordine naturale delle cose? È impossibile, deve aver sentito male; eppure la «negra» è ancora lí, e non accenna a muoversi.

– Guarda che se non ti alzi ti faccio arrestare.

– Sí, lei può farlo.

Per un istante rimangono a fissarsi, il corpulento autista bianco e la gracile donna di colore, misurandosi con lo sguardo come avversari prima di un duello; ma nessuno dei due aggiunge una sola parola. Poi, fremendo di collera, Blake scende dall'autobus per mettere in atto la sua minaccia.

Dopo qualche tempo, ecco arrivare due agenti di polizia. Sbirciando dal finestrino, Rosa li vede fare crocchio con l'autista, che parla loro con gesti animati: evidentemente sta riferendo l'accaduto, o almeno, la sua versione dell'accaduto. I due uomini lo ascoltano annuendo ripetutamente; quindi salgono sull'autobus ormai semideserto, dove solo pochi atterriti passeggeri di colore e pochi bianchi indignati aspettano in silenzio, ciascuno dal proprio punto di vista, che sia fatta giustizia.

E giustizia viene fatta, ma come usa nel Sud.

– Perché non si è alzata? – domanda severo a Rosa uno degli agenti.

E Rosa, senza battere ciglio: – Perché ci maltrattate, tutti voi?

A questa domanda, l'uomo non sa proprio come rispondere. – Non lo so, – ammette infine stringendosi nelle spalle. – Ma la legge è legge, e lei è in arresto.

Di nuovo, Rosa ascolta impassibile: non aveva mai dubitato che sarebbe finita cosí. Adesso si alza, lentamente, con la dignità di una regina, mentre uno degli agenti raccoglie la sua borsetta e l'altro la busta della spesa; poi si lascia scortare giú dall'autobus e condurre sino all'automobile della polizia. Se si voltasse, vedrebbe gli sguardi degli altri passeggeri puntati su di lei attraverso i finestrini: alcuni sembrano compiaciuti, altri, quelli dei neri, pieni di tristezza e di compassione; ma in nessuno si legge la speranza. Eppure l'episodio cui hanno appena assistito è destinato a mutare profondamente le loro vite.

In macchina, uno dei due agenti le domanda di nuovo: – Perché non si è alzata? – ma lei questa volta non risponde. Ha compiuto un grande gesto, decisivo pur nella sua apparente semplicità; eppure non ne è ancora del tutto consapevole, e non è cosí presuntuosa da ritenersi una martire o un'eroina: è semplicemente una donna stanca, stanca di arrendersi.

Cosí mantiene il silenzio lungo tutto il tragitto sino al municipio, dove ha sede il commissariato di polizia. Ha la gola secca, la sete la tormenta, e quando entrando nell'edificio vede una fontana chiede agli agenti se può avere un po' d'acqua. Uno dei due risponde di sí, ma quando lei si china per bere l'altro la ferma: – No. Quella fontana è solo per i bianchi, lei dovrà aspettare finché non sarà arrivata in carcere.

Ecco, ora Rosa comincia a capirlo un po' meglio, perché non si è alzata. Ci doveva pur essere un punto giunta al quale una persona smettesse di lasciarsi comandare a bacchetta e cercasse di scoprire quali fossero, se mai ne aveva, i suoi diritti di essere umano: lei l'ha toccato, quel punto, sull'autobus che percorreva Cleveland Avenue, e ora quasi si meraviglia di averci messo tanto, di essere stata cosí a lungo remissiva e paziente.

Al commissariato, dopo aver compilato i moduli del caso e declinato le sue generalità, Rosa, pensando al marito e alla madre che staranno in pena per lei, chiede di poter fare una telefonata, ma anche questa volta si vede opporre un rifiuto. Poi viene ricondotta all'automobile e portata nel carcere cittadino.

Neppure qui la lasciano telefonare, anzi, non si degnano nemmeno di rispondere alla sua richiesta. Le ordinano di posare sul banco la borsetta e di vuotare le tasche di tutti gli effetti personali, quindi le prendono le impronte. Strano davvero essere trattata cosí, come una criminale, per avere... Già, per aver fatto che cosa? Lei non si è neppure rifiutata di obbedire a una legge iniqua, dal momento che il posto in cui sedeva non era di quelli riservati ai bianchi; ha semplicemente reagito a un abuso, a una sopraffazione; il che però, come lei stessa sa benissimo, è forse ancora piú imperdonabile agli occhi della «giustizia» del Sud.

E cosí, ecco questa tranquilla e pia signora di quarantadue anni scortata da una guardia carceraria bianca su per una rampa di scale, attraverso una porta rivestita di ferro, lungo un maleodorante corridoio in penombra, sino a una cella vuota e buia dove la sua accompagnatrice la rinchiude sbattendo la porta. Ma dopo qualche istante la guardia torna sui suoi passi. – Se non vuoi star sola, – le dice riaprendo la porta, – puoi venire in una cella piú grande dove ci sono già altre due tizie.

– Grazie, non saprei. Per me fa lo stesso –. Nel suo stato d'animo, a metà tra la rassegnazione e l'incredulità, Rosa è del tutto indifferente a questa o quella sistemazione. Ma alla fine decide di seguire la guardia nell'altra cella.

– Posso fare una telefonata? – domanda per l'ennesima volta durante il cammino.

– Vedremo. Mi informerò, – risponde la guardia.

Le sue compagne di cella sono due donne di colore. Quando entra, una la ignora completamente, l'altra le rivolge la parola e le domanda perché si trovi lí.

– Eh, sí, – le dice dopo aver sentito la sua storia. – Questi autisti degli autobus a volte sono davvero cattivi. Be', ora fatti coraggio. Tu sei sposata, no? Tuo marito non ti lascerà qui dentro. Io invece sono vedova, ma ho due fratelli che mi pagherebbero certamente la cauzione, solo che non riesco a mettermi in contatto con loro, e cosí sono qui da piú di cinquanta giorni. Tutto perché il mio nuovo compagno mi picchiava e io, per difendermi, l'ho minacciato con un'accetta... Ma dimmi, posso fare qualcosa per te?

– Ho una gran sete, – risponde Rosa. – Se hai una tazza o un bicchiere, berrei volentieri un sorso d'acqua.

L'altra prende un boccale di latta appeso sopra il gabinetto e le versa un po' d'acqua, che Rosa beve vincendo il disgusto. Si sente meglio, ora: non solo perché ha bevuto, ma perché questa donna sfortunata e caritatevole è la prima persona da molte ore a trattarla con umanità.

– Appena esco di qui, – le dice, – avvertirò io i tuoi fratelli.

In quel momento, sulla porta della cella ricompare la guardia che fa cenno a Rosa di uscire.

«E adesso che succede?» si domanda lei un po' inquieta. La guardia la conduce di nuovo per il corridoio senza darle alcuna spiegazione, e Rosa capisce di che si tratta solo quando si trova davanti alla cabina del telefono.

– Scrivi qui nome e numero della persona che vuoi chiamare, – le dice la guardia porgendole un foglietto; poi compone lei stessa il numero e passa il ricevitore a Rosa, restando però nelle immediate vicinanze per sentire tutto ciò che dirà.

È sua madre a rispondere al telefono. – Mamma, sono in prigione. Vedi se Parks può venire qui e farmi uscire.

– In prigione? – ripete all'altro capo del filo una voce allarmatissima. – Come, che è successo? Ti hanno picchiata?

– No, non mi hanno picchiata, però sono in prigione.

– Aspetta, ti passo tuo marito.

Quando tocca a lui, Parks non perde tempo a fare domande. – Sarò lí in pochi minuti, – si limita a dire, e Rosa tira un gran sospiro di sollievo.

Tornata nella cella vede che la sua compagna, quella che le aveva dato da bere, ha trovato un pezzetto di carta sul quale sta scrivendo i numeri di telefono dei fratelli. Ma prima che possa consegnarglielo, la guardia viene ad annunciare a Rosa che è stata rilasciata e la spinge fuori. La sua compagna le segue trafelata, con la disperazione negli occhi, ma giunta alla porta di ferro si ferma: sa bene che le è vietato oltrepassarla. Allora, tentando il tutto per tutto, lancia giú dalle scale il foglietto di carta, che per fortuna va ad atterrare proprio davanti a Rosa. Lei lo raccoglie, lo infila nella borsa, e quella povera donna non avrà certo di che pentirsi di averle dimostrato bontà e gentilezza.

Se fosse stata meno frastornata dagli avvenimenti del giorno, Rosa si sarebbe stupita non poco che il suo rilascio fosse avvenuto cosí in fretta. Certo, Parks è il piú devoto e premuroso dei mariti, ma avrebbe dovuto avere le ali ai piedi per essere lí pochi minuti dopo avere riagganciato il ricevitore. Invece non ha nemmeno un'automobile: fortuna che proprio durante quella telefonata un amico, al corrente dell'arresto di Rosa, ha pensato bene di precipitarsi in macchina a casa loro e ha offerto al povero Raymond un passaggio sino alla prigione.

Sí, perché la voce si è già sparsa tra i neri di Montgomery. Uno dei passeggeri dell'autobus ha raccontato dell'incidente con l'autista a un'amica di Rosa, la quale ha immediatamente telefonato alla moglie di Nixon, la quale a sua volta è riuscita ad avvisare il marito chiamandolo nel suo ufficio.

– Non ci crederai, caro, ma Rosa è stata arrestata. È in prigione, nessuno sa perché. Farai meglio a tirarla fuori.

– Santa Madre di Dio! – ha balbettato lui al colmo dello sbalordimento: gli era davvero impossibile credere che una persona mite e angelica come la sua segretaria avesse potuto mettersi nei guai con la giustizia. Immediatamente ha interrotto la conversazione con la moglie e ha telefonato al commissariato per scoprire quali fossero le accuse, ma la sua richiesta è stata respinta rudemente: gli agenti di polizia non avevano nessuna intenzione di perdere tempo a parlare con un «negro». Allora ha deciso saggiamente di rivolgersi ai suoi amici Durr. Clifford, il marito di Virginia, era un avvocato e soprattutto un bianco, a lui i poliziotti non avrebbero potuto rifiutarsi di rispondere. Quanto alla cauzione, avrebbe provveduto lo stesso Nixon, dato che gli avvocati bianchi «amici dei negri» non erano famosi per nuotare nell'oro.

E cosí eccoli dirigersi tutti e tre a rotta di collo verso il carcere cittadino, sulla Plymouth blu di Nixon, per soccorrere la loro cara Rosa Parks. Quando se la trovano infine davanti, scortata dalla guardia carceraria, dopo che ben tre pesanti porte di metallo sono state aperte con fragore l'una dopo l'altra neanche si trattasse di rilasciare il piú pericoloso dei criminali, Virginia riesce a stento a trattenere le lacrime. Eppure Rosa sembra tranquilla: una roccia nella tempesta. Stanno ancora sbrigando le complesse formalità per il pagamento della cauzione quando arriva Raymond, sconvolto. Appena vede la moglie, la stringe fra le braccia con tanta forza da sollevarla da terra. Poi, dopo che Rosa ha recuperato i suoi effetti personali e la data del processo è stata fissata per il lunedí successivo, 5 dicembre, gli amici ripartono tutti insieme per la casa dei Parks.

Di tanto in tanto, mentre siedono a bere il caffè nel modesto soggiorno con il pavimento di linoleum e ascoltano Rosa raccontare l'accaduto, i Durr e Nixon si scambiano un'occhiata. Tutti e tre hanno concepito la stessa idea, ma esitano a parlarne: Rosa sembra cosí stanca, sembra che ora desideri soltanto cambiarsi d'abito, cenare e riprendere al piú presto una vita normale. – Quello che è certo, – dice, – è che mai, mai piú prenderò un autobus segregato. Piuttosto vado al lavoro a piedi.

Di nuovo, Nixon scambia un lungo sguardo con i Durr.

– Il fatto è, signora Parks, – dice infine, – che nessuno dovrebbe piú prendere un autobus segregato.

A questo punto, Rosa comincia ad avere un vago sospetto di ciò che sta passando per la mente dei suoi amici; e infatti lui continua, con una certa esitazione:

– Lei sa che da tempo stiamo considerando la possibilità di portare la questione davanti alla Corte Federale. E sa anche che per far questo ci occorre un querelante.

Appena sente queste parole, Raymond Parks balza in piedi. – Rosa, non fare pazzie! Rosa, i bianchi ti uccideranno!

Lei rimane in silenzio, assorta nei suoi pensieri. Parks ha ragione, senza dubbio: il rischio è grande. Di essere linciata, forse; come minimo di perdere il lavoro, se acconsentirà a diventare il simbolo di una battaglia cosí invisa ai bravi cittadini bianchi di Montgomery; e con il solo stipendio di Parks non si può campare, finora è sempre stata lei il principale sostegno economico della famiglia. Possibile che i suoi amici non considerino tutto questo?

Ora però le tornano alla mente le parole pronunciate un giorno dal reverendo King e pensa che qualcuno deve pur addossarselo, quel fardello. Perché non lei? In fondo sarebbe la persona ideale. Non le sfugge che al signor Nixon brillano addirittura gli occhi all'idea di ciò che il caso, o meglio, le assurde norme della segregazione gli hanno messo tra le mani: una querelante inattaccabile, una figura capace di suscitare il rispetto e la simpatia di tutte le persone di colore e contro la quale i bianchi non possono puntare il dito sostenendo che abbia fatto qualcosa per meritare un simile trattamento, salvo essere nata con la pelle di un certo colore.

Sí, il signor Nixon ha ragione: nessuno deve piú viaggiare su un autobus segregato. Se lei si è rifiutata di cedere il suo posto, non l'ha fatto solo per quel giorno, per quell'autobus particolare, ma una volta per sempre. L'ha fatto perché voleva affermare a qualsiasi costo la propria libertà, quella libertà alla quale, come la storia del suo paese le ha insegnato, tutti gli uomini hanno diritto. E compiuto un tale gesto, ora non può piú tirarsi indietro.

– Non preoccuparti, Parks, in qualche modo me la caverò.

– Come? Allora hai deciso di accettare?

Il povero Raymond sembra al colmo della costernazione, ma Nixon, in compenso, è raggiante.

– Bene, signora Parks: allora, se lei permette, grazie al suo caso riusciremo a far abolire la segregazione sugli autobus. L'America, da oggi, non sarà piú la stessa.

# CAPITOLO OTTAVO

*Un'altra donna di colore è stata arrestata e gettata in prigione per aver rifiutato di cedere a un bianco il suo posto sull'autobus... Questo deve finire.*

*Anche i neri hanno i loro diritti, perché se i neri non prendessero gli autobus questi non potrebbero funzionare. Tre quarti dei passeggeri sono di colore, eppure veniamo arrestati o dobbiamo stare in piedi davanti ai sedili vuoti. Se non facciamo qualcosa per fermare questi arresti, essi continueranno. La prossima volta potrebbe toccare a voi, o a vostra figlia, o a vostra madre.*

*Il caso di questa donna sarà discusso in tribunale lunedí. Perciò chiediamo a tutti i neri di non prendere l'autobus lunedí per protesta contro l'arresto e il processo.*

Il venerdí mattina, 2 dicembre, trentacinquemila cittadini neri di Montgomery si trovano fra le mani questo volantino, che Jo Ann Robinson ha stampato in fretta e furia durante la notte servendosi del ciclostile dell'università, con l'aiuto di due studentesse e di un collega, per poi distribuirlo a tappeto nelle scuole, nelle chiese, nelle case della gente di colore. È una dichiarazione di guerra, lanciata con la speranza di poter contare davvero su un esercito; ma in attesa di conoscere la risposta a questo interrogativo fondamentale, Nixon comincia a mobilitare lo stato maggiore: alle cinque del mattino telefona al suo pastore, Ralph David Abernathy, il ventinovenne ministro della Prima Chiesa Battista che da tempo è divenuta il quartier generale della lotta per i diritti civili, e questi a sua volta avverte il reverendo Martin Luther King il quale, dopo una breve esitazione, accetta di sostenere attivamente il boicottaggio.

L'appoggio delle chiese è importantissimo per la riuscita dell'impresa, e Nixon lo sa benissimo; ma sa che è altrettanto importante conquistarsi l'attenzione della stampa. Perciò piú tardi, prima di prendere il treno per Atlanta dove presta servizio sui vagoni letto, telefona a Joe Azbell, redattore del *Montgomery Advertiser*, chiedendogli di incontrarlo sul marciapiede della stazione. – Lo so, il preavviso è breve, ma io le offro la storia piú scottante che lei abbia mai scritto –. E Azbell, che è un bianco ma anche un progressista, e soprattutto, come qualunque reporter degno di questo nome, non si lascerebbe mai sfuggire una «storia scottante», va all'appuntamento.

Nixon gli racconta la vicenda di Rosa, soffermandosi a lungo a descriverne la personalità: una donna mite e riservata, una degna, rispettata signora mulatta dalla moralità ineccepibile. Poi lo informa del boicottaggio progettato per il lunedí successivo, contando sul fatto che Azbell, prima di allora, vi dedichi un articolo e che in tal modo la notizia possa diffondersi ancora piú capillarmente nella comunità nera di Montgomery.

– E mi raccomando: che sia pubblicato in prima pagina. Oggi sul vostro giornale è uscito soltanto un trafiletto in cui si annunciava semplicemente che una «donna di colore» impiegata al Montgomery Fair Department Store era stata arrestata per aver «ignorato» la segregazione sugli autobus. Ma questo caso, mi creda, merita ben di piú.

– Be', vedrò cosa posso fare, – risponde il giornalista senza compromettersi. Poi si avvia verso l'uscita della stazione e Nixon, già in divisa da inserviente, si affretta al binario per non perdere il suo treno.

E Rosa, intanto? Mentre Nixon mette a punto la sua strategia, mentre Jo Ann e le compagne chiamano alla lotta la popolazione nera di Montgomery, Rosa dorme un sonno agitato, combattuta com'è tra la spossatezza per la giornata appena trascorsa e la preoccupazione per quelle a venire. Anche Parks, sul letto accanto, si rigira da un fianco all'altro senza trovare pace.

Quando suona la sveglia Rosa si alza, ancora frastornata. Legge con un certo imbarazzo sul giornale la notizia che la riguarda, poi lo ripiega e lo mette da parte: lei non ha nessuna voglia di parlarne, né con il marito né con la madre. Invece, per prima cosa cerca il foglietto sul quale la sua compagna di cella aveva scarabocchiato i numeri di telefono dei fratelli e li chiama, come promesso. Sarà molto contenta, qualche giorno dopo, quando incontrerà per strada la ragazza finalmente libera e quasi non la riconoscerà, tutta allegra, elegante e con i capelli acconciati alla perfezione.

Dopo colazione si veste per andare al lavoro, ma non in autobus, questa volta: in autobus proprio no. Fortunatamente può evitarlo grazie un amico tassista, a cui telefona pregandolo di darle un passaggio.

Giungendo al grande magazzino incontra il suo capo, che quando la vede fa tanto d'occhi.

– Che c'è? – gli dice Rosa in tono scherzoso, per sdrammatizzare. – Non avrà creduto che bastasse il carcere per farmi stare a casa dal lavoro!

Ma l'altro non sembra divertito. – Be'... in effetti, oggi non mi aspettavo di vederla. Pensavo che sarebbe stata... troppo nervosa.

– Ma no, non sono nervosa, – risponde Rosa ridendo. – Perché mai suppone che essere sbattuta in galera dovesse rendermi nervosa?

Le basta poco, però, per rendersi conto che l'atteggiamento nei suoi riguardi da parte dei dirigenti del grande magazzino è tutt'altro che cordiale. Qualche ora dopo, il supervisore del reparto sartoria scende nel seminterrato e le lancia uno sguardo inquieto, senza nemmeno salutarla, e osservandolo a sua volta con la coda dell'occhio, Rosa capisce che ben presto perderà il lavoro.

Comunque, ora non ha tempo di preoccuparsi dell'avvenire. Approfittando dell'intervallo per il pranzo deve correre a incontrare Fred Gray, uno dei due soli avvocati neri di Montgomery, che si sono offerti entrambi di patrocinare gratuitamente la sua causa. Fred è da tempo un buon amico di Rosa, e poiché il suo studio si trova a pochi isolati di distanza dal grande magazzino, lei è andata spesso a trovarlo durante la pausa di mezzogiorno per mangiare un boccone con lui e poi, magari, fargli un po' da segretaria. Oggi però, quando entra nello studio, trova un'atmosfera concitata che non vi aveva mai visto prima: telefoni che squillano senza posa, andirivieni di persone avide di notizie, e il povero Fred che si muove freneticamente da una parte all'altra della stanza distribuendo come meglio può la propria attenzione. Rosa non fa neppure in tempo a togliersi il soprabito, che viene sequestrata da un inviato della rivista *Jet* smanioso di intervistarla; e per quanto frastornata dal trambusto e dalla novità di quella situazione, risponde a tutte le domande senza un attimo di incertezza.

Altro che «segretaria»: ora si trova a essere la protagonista indiscussa, il centro dell'attenzione generale; una posizione tutt'altro che gradevole per una donna timida e riservata come lei.

Ma l'incontro piú importante della giornata è quello organizzato tra i leader della comunità nera e ospitato da Martin Luther King nella sua chiesa battista di Dexter Avenue. Arrivando, Rosa trova una cinquantina di persone, soprattutto pastori, impegnate a discutere animatamente: molti sono scettici, dubitano che il boicottaggio possa riuscire e non hanno nessuna voglia di imbarcarsi in un'impresa destinata al fallimento; e alcuni se ne vanno addirittura prima che si raggiunga una conclusione. Anche tra quelli che restano sembra serpeggiare il dubbio, ma quando Rosa si alza in piedi davanti a loro per raccontare la sua storia ed esporre con semplicità le proprie convinzioni, tutti l'ascoltano in un silenzio rispettoso. C'è qualcosa, nei suoi modi franchi e diretti, che davvero va dritto al cuore: chi mai potrebbe negare il proprio appoggio a una donna cosí? Chi potrebbe guardarla negli occhi e rifiutare di battersi per la sua causa, per la causa dell'uguaglianza e della vera giustizia?

No, tra i presenti sono ben pochi ad avere un simile coraggio. Al termine del suo intervento, quasi tutti vanno ad abbracciarla commossi chiamandola «sorella Rosa» e promettendole ogni aiuto possibile. Cosí, la prima battaglia è stata vinta; ora si tratta di vedere cosa accadrà lunedí. E a questo pensiero, anche Rosa è tutt'altro che tranquilla.

# CAPITOLO NONO

I suoi timori sembrano trovare conferma il lunedí mattina, quando guardando fuori dalla finestra Rosa scorge un cielo plumbeo, che minaccia pioggia: non certo il genere di giornata che invogli ad andare a piedi, e anche i bollettini prevedono il peggio. È vero che le compagnie di taxi possedute da persone di colore hanno promesso di inviare le loro auto a tutte le fermate degli autobus e di trasportare chi voglia partecipare al boicottaggio addebitandogli soltanto i dieci centesimi che avrebbe speso per il biglietto; ma questa promessa sarà davvero mantenuta? E la gente avrà il tempo e la pazienza di aspettare di trovare posto su una di quelle vetture sovraffollate?

Anche Raymond, che non brilla certo per ottimismo, scuote la testa preoccupato, e cosí gli altri capi della protesta. Nella sua cucina affacciata sulla South Jackson Street, il reverendo King sta bevendo la prima tazza di caffè quando la moglie gli grida: – Martin! Vieni a vedere! – e gli fa segno di correre alla finestra. Sta passando proprio ora l'autobus delle sei, quello che trasporta la piú alta percentuale di neri. – Caro, guarda: è vuoto!

Il reverendo King non crede ai suoi occhi; ma non vuole ancora cantare vittoria, poiché potrebbe trattarsi di un caso isolato. Non c'è che da balzare in macchina e girare per la città osservando gli altri autobus, e quando lo fa King non tarda a convincersi che il boicottaggio non è un successo, ma addirittura un trionfo. Sembra che la quasi totalità delle persone di colore abbia aderito alla protesta: solo i pochissimi che non ne erano a conoscenza siedono perplessi nei settori riservati ai neri domandandosi perché mai oggi ci siano tanti posti liberi e perché (cosa senza precedenti) l'autobus viaggi scortato da due motociclette della polizia.

Quella scorta, secondo le intenzioni delle autorità, avrebbe lo scopo di proteggere da eventuali violenze i passeggeri di colore che volessero prendere l'autobus a dispetto del boicottaggio; ma il provvedimento si rivela del tutto inutile, anzi, la presenza della polizia dissuade anche molti degli ignari che altrimenti sarebbero saliti a bordo: meglio andare a piedi, pensano, che cacciarsi magari in qualche guaio...

Rosa, intanto, si prepara: indossa un severo abito nero dalle maniche lunghe, con colletto e polsini bianchi, un cappellino di velluto nero ornato da una fila di perle e un cappotto grigio; poi infila le sue migliori scarpe nere, un paio di guanti bianchi e si avvia con il marito verso il tribunale. È nervosa? No, nemmeno questa volta lo è particolarmente, perché sa con esattezza cosa deve fare.

Davanti al palazzo di giustizia, dove arriva con a fianco i suoi due avvocati, è radunata una tale folla che quasi non si vede piú la strada, e non tutti riescono a entrare. Tra gli altri Rosa riconosce i ragazzi dello Youth Council venuti ad esprimerle il loro sostegno. Una delle ragazze, appena la scorge, grida con voce squillante: – Oh, lei è cosí dolce!

Questa volta sono incappati nella persona sbagliata! – E quell'ultima frase viene raccolta dalla folla, diventa un coro, un grido collettivo, uno slogan pieno di fierezza destinato ad essere ripetuto continuamente durante il boicottaggio.

Sí, forse questa volta sono davvero incappati nella persona sbagliata; ma sembra che non l'abbiano ancora capito, almeno a giudicare dalla sbrigatività con cui si svolge il processo. Cinque minuti appena, durante i quali vengono ascoltate le testimonianze dell'autista James Blake e di due passeggere bianche chiamate a deporre dal pubblico ministero: tutti e tre dichiarano falsamente che c'era ancora un posto libero nel settore riservato ai neri, il che renderebbe ancora piú «criminale» il rifiuto di Rosa di cedere il proprio. Invano l'avvocato Gray tenta di far rilevare l'iniquità della legge che Rosa è accusata di avere trasgredito: un discorso simile può trovare ascoltatori partecipi solo tra la gente di colore che gremisce il settore «segregato» nelle file del pubblico, non certo presso una corte di giustizia come quella di Montgomery, per la quale il «Jim Crow» è addirittura un irrinunciabile principio di civiltà. Gray ne è talmente consapevole che, pur affermando la «non colpevolezza» di Rosa, non la chiama nemmeno a deporre per sostenere la sua versione dei fatti: meglio lasciare che venga condannata e poi ricorrere in appello presso una corte meno prevenuta; solo cosí il suo caso potrà diventare davvero la leva con cui scardinare il principio stesso della segregazione.

E infatti, Rosa viene condannata: dieci dollari di ammenda, quattro per le spese processuali e la fedina penale «sporca» per aver osato ribellarsi all'arroganza dei bianchi. Quando apprende la notizia, la folla assiepata intorno al tribunale prorompe in un unico grido di indignazione; solo pochi intuiscono che questa sconfitta segna la prima tappa di un lungo, vittorioso cammino.

Rosa è forse tra questi pochi, ma certo non la rende particolarmente felice l'essere divenuta all'improvviso una pregiudicata. Dopo il processo non si sente di tornare a casa: avverte il bisogno di fare ancora qualcosa, di rendersi utile, e quando Gray le propone di andare nel suo studio per rispondere alle telefonate, accetta volentieri. Cosí trascorre il pomeriggio accogliendo con cortesia ed efficienza «professionale» le continue chiamate di gente che chiede notizie di Rosa Parks, ma guardandosi bene dal dire che Rosa Parks è proprio lei. Un messaggio di solidarietà per la «martire dell'autobus»? – Certo, – promette trattenendo un sorriso, – riferirò –. Le è di grande sollievo potersi calare di nuovo nel ruolo defilato della segretaria.

Nel frattempo, lo stato maggiore prende le sue misure. Nixon, l'avvocato Gray, il reverendo Abernathy e numerosi altri pastori si riuniscono in una delle chiese nere per decidere il da farsi. L'idea, lanciata da Nixon, è di creare una nuova organizzazione, la MIA (Associazione per il Progresso di Montgomery), potenzialmente piú vasta della NAACP e direttamente finalizzata a sostenere la protesta, e di presentare alla compagnia degli autobus un «piano di compromesso», cioè una serie di richieste minime senza il cui accoglimento il boicottaggio sarà continuato a oltranza. Ma quando si tratta di mettere ai voti queste decisioni, molti dei pastori si mostrano esitanti. Quanto meno, vorrebbero che il voto fosse segreto: se i loro nomi figurassero tra i fautori dell'iniziativa, non sarebbero forse accusati di essere dei sobillatori, dei pericolosi «comunisti»? E non rischierebbero di perdere addirittura le loro chiese?

Nel sentir questo, Nixon esplode. – Ma come diamine potete pensare di condurre un boicottaggio in segreto? È semplicemente ridicolo! Lasciate che vi dica una cosa, egregi signori: voialtri vivete da cent'anni alle spalle di povere donne come quella, e non avete mai fatto niente per loro. Vi comportate come una manica di scolaretti impauriti.... Sí, è vero, noi abbiamo portato il grembiulino per tutta la vita, ma adesso è ora di toglierselo, il grembiulino: se vogliamo diventare uomini, dobbiamo essere uomini adesso!

Ha appena concluso questo sfogo, che uno dei reverendi prende la parola: è l'ultimo arrivato, quel giovane, sconosciuto pastore forestiero che porta il nome di Martin Luther King. – Fratello Nixon, – scandisce con voce ferma, – io non sono un vigliacco. Non voglio che nessuno mi dia del vigliacco. Certo che dobbiamo votare apertamente, alla luce del sole: e i nostri nomi devono essere riportati, perché passino alla storia.

Parole che colpiscono, che catturano il cuore; le parole di un vero leader, pensano in molti; e infatti, con grande sconcerto di Nixon il quale si aspettava di ricoprire lui stesso quella carica, ora qualcuno propone di nominare presidente della MIA il giovane, sconosciuto pastore di nome Martin Luther King: una proposta che viene accolta con entusiasmo da tutti i presenti.

Be', quasi tutti. «Guarda un po', – pensa Nixon sforzandosi di nascondere la delusione. – Da quindici anni tolgo le castagne dal fuoco ai neri di Montgomery, e in cambio cosa ottengo? Di essere messo da parte in favore di uno sbarbatello venuto da fuori...»

Per le sette di sera è stata indetta un'altra riunione, questa volta pubblica, nella chiesa battista di Holt Street, un enorme edificio di mattoni rossi situato nella zona piú povera della città (una zona, inutile dirlo, abitata quasi esclusivamente da gente di colore). Rosa vi arriva un po' in ritardo, e quasi non crede ai suoi occhi vedendo centinaia di persone assiepate tutt'intorno senza poter entrare. Centinaia? Sono addirittura quattromila, una marea umana quale Montgomery ha visto di rado, sorvegliata a distanza da alcune automobili della polizia, che però non riescono neppure ad avvicinarsi alla chiesa.

L'interno dell'edificio è già stracolmo, gli organizzatori, che non si attendevano certo una cosí massiccia partecipazione, hanno dovuto installare all'aperto un sistema di altoparlanti per consentire anche a chi è rimasto fuori di seguire quanto accade. A fatica, Rosa si fa largo in quella folla e poi in quella altrettanto fitta che gremisce la grande sala: un altro migliaio di uomini e donne, ciascuno vestito dei suoi abiti migliori come per una festa o una cerimonia solenne, molti dei quali, nel timore di non trovare posto, sono arrivati lí alle cinque del pomeriggio.

Infine riesce a raggiungere il palco, dove come è ovvio le hanno riservato una sedia. La riunione non è ancora entrata nel vivo: si intonano preghiere, si leggono brani delle Sacre Scritture, in attesa di affrontare il grande tema del giorno, e cioè se il boicottaggio debba o no proseguire. Certo, l'iniziativa ha avuto un successo clamoroso, i neri di Montgomery vi hanno aderito in massa oltre ogni piú rosea speranza; ma appunto per questo, pensano alcuni, sarebbe meglio smettere ora incassando un cosí splendido risultato, prima che la gente si stanchi di andare a piedi (e si stancherà presto, al massimo entro un paio di giorni) o prima che i bianchi abbiano il tempo di reagire in modo aggressivo.

Anche Rosa ne ha sentiti, di pareri del genere, e a volte è stata persino tentata di condividerli; ma passando in rassegna con lo sguardo le panche sovraffollate dice a se stessa che tutta questa gente, e quella rimasta fuori, non è venuta fin lí per sentirsi dire: – È finita, domattina potete tornare a prendere l'autobus –. Questa gente non si stancherà cosí in fretta di andare a piedi, perché, proprio come Rosa, c'è qualcos'altro di cui è ancora piú stanca, ossia di continuare ad arrendersi alla prepotenza e all'ingiustizia.

Nixon, che ora prende la parola, la pensa esattamente come lei: il boicottaggio non è certo faccenda da concludere in un giorno, se si vuole ottenere davvero un risultato bisogna essere disposti ad andare per le lunghe. Se qualcuno ha paura di questo, è liberissimo di prendere il suo cappotto e andarsene.

Ma nessuno, lí dentro, sembra avere la minima intenzione di accogliere un simile invito. Allora, un po' a denti stretti, Nixon cede la parola al presidente della MIA, il reverendo Martin Luther King, e già dopo i primi minuti tutti si rendono conto che quell'oscuro predicatore ventiseienne è diventato la voce stessa della protesta nera, l'uomo la cui eloquenza è destinata a percorrere da un capo all'altro l'America come una fiamma inarrestabile.

– Per molti anni, – dice, – abbiamo dimostrato una sorprendente pazienza... Ma stasera siamo qui per essere salvati da quella pazienza che si accontenta di qualcosa di meno della libertà e della giustizia. Una delle grandi glorie della democrazia è il diritto di protestare per il proprio diritto. Se voi protesterete coraggiosamente, ma insieme con dignità e amore cristiano, quando nelle generazioni future si scriveranno i libri di storia, gli storici si soffermeranno a dire: «Lí viveva un grande popolo – un popolo nero – che ha iniettato senso e dignità nuovi nelle vene della civiltà». Questa è la nostra sfida e la nostra responsabilità schiacciante.

Gli applausi, gli «Amen!», le urla d'entusiasmo con cui la folla risponde a tale discorso fanno capire a Rosa non solo che il boicottaggio continuerà, ma che davvero sta per cominciare un'epoca nuova: si può quasi toccarla con mano in quella sala, davanti a quella platea elettrizzata che sembra esprimere concorde un'unica, inflessibile volontà. Alla fine, King va ad abbracciare Rosa, di cui ha già parlato a lungo nel suo intervento paragonandone il coraggio a quello dimostrato da Davide nell'affrontare il gigante Golia. Ora però tocca a lei presentarsi al pubblico, che la saluta al grido di «Grazie, sorella!». Alcuni, di là sotto, le chiedono anche di parlare, e Rosa si volge esitante verso gli organizzatori. Già l'idea di prendere la parola in un'occasione simile la riempie di sgomento e di timidezza; ma farlo subito dopo il discorso del reverendo King le sembrerebbe addirittura temerario.

– Non preoccuparti, Rosa: hai già fatto e detto abbastanza, ora non hai bisogno di parlare, – le dicono dal palco, e lei torna al suo posto ad ascoltare buona buona gli interventi degli altri. È vero, ora non ha nessun bisogno di parlare, perché la parola decisiva l'ha già pronunciata giovedí scorso sull'autobus: quel fermo, categorico «No» che tutta la sua gente sembra finalmente pronta a fare proprio.

E infatti, quando al termine della riunione viene chiesto ai presenti di alzarsi in piedi se sono favorevoli a continuare il boicottaggio finché le richieste di migliore trattamento presentate alla compagnia degli autobus non vengano accolte, in tutta la chiesa non c'è una sola persona che rimanga seduta, mentre da fuori, dalla folla che non è riuscita a entrare, giunge un grido unanime di approvazione.

# CAPITOLO DECIMO

Quel boicottaggio non sarà questione di giorni né di settimane: durerà per piú di un anno, fino al 21 dicembre 1956, e davvero la popolazione nera di Montgomery si dimostrerà all'altezza della lotta intrapresa non solo per affermare i propri diritti, ma per restituire senso e dignità a una democrazia cosí gravemente compromessa dalla piaga del razzismo.

Una piaga profonda e difficilmente curabile, tanto è vero che le autorità cittadine e la compagnia degli autobus rispondono subito con un secco rifiuto alle richieste presentate dalla MIA: non la fine della segregazione sui mezzi pubblici (è il loro obiettivo, ma per ora non osano neppure mirarvi direttamente), solo un trattamento piú cortese dei passeggeri di colore da parte degli autisti, l'assunzione di autisti neri sulle linee utilizzate in stragrande maggioranza da neri, e l'introduzione del principio «chi arriva primo, si siede per primo» nelle zone centrali e non «riservate» degli autobus. Agli occhi delle autorità di Montgomery, persino questo è inaccettabile. – Se accordiamo ai negri simili richieste, – dichiara un loro rappresentante, – andranno in giro a vantarsi di una vittoria riportata sui bianchi, e noi non possiamo assolutamente permetterlo.

Vogliono dunque un vero e proprio braccio di ferro, certi come sono di vincerlo contro gente che hanno assoggettato per secoli e che a proprio favore non sembra avere nulla, non il potere, non i mezzi finanziari, solo quella ribelle, tenace sete di giustizia che si è incarnata cosí stranamente nella figura della modesta cucitrice Rosa Parks, «un angelo in terra,» come dicono loro, «qualcuno mandato dal cielo».

Certo, essere diventata il simbolo di questa lotta ha i suoi costi, tutt'altro che lievi: Rosa lo presentiva sin dall'inizio, e ora non si stupisce nel ricevere continue telefonate anonime in cui la si minaccia di morte. Il clima, in casa sua, è tutt'altro che natalizio, e anche nel resto della città la tensione razziale va crescendo di giorno in giorno; ma a dispetto di tutto ciò, il Natale si avvicina. La MIA invita la gente di colore a estendere il boicottaggio ai negozi dei bianchi e a celebrare le feste in modo meno consumistico, piú attento ai valori della tradizione e alle necessità del presente: invece di spendere i propri soldi comperando regali, meglio devolverli alla causa comune, cioè al fondo istituito per organizzare trasporti alternativi in grado di alleviare il disagio di quanti partecipano al boicottaggio. Ai taxi (che hanno le loro brave difficoltà, data la decisione delle autorità di arrestare i conducenti i quali, anziché applicare la normale tariffa, si limitino a far pagare ai passeggeri il costo di un biglietto dell'autobus) si sono già aggiunte numerose auto private messe gratuitamente a disposizione dai piú facoltosi tra i membri della comunità nera, e le chiese hanno fatto la loro parte acquistando una dozzina di station wagon. Spesso sono le stesse signore bianche ad andare a prendere e a riportare a casa in auto le loro domestiche di colore, sfidando non solo le furibonde telefonate anonime dei fanatici razzisti, ma anche l'esplicito appello del sindaco a guardarsi dal favorire in questo modo il boicottaggio. «Se vuole, – è la risposta di molte, – venga pure il sindaco a farmi il bucato, stirarmi la roba, pulirmi la casa e cucinarmi i pasti. Nel frattempo, io mi tengo la mia domestica».

Anche trascurando queste iniziative personali, è il sistema organizzato dalla MIA che per fortuna funziona molto bene, riuscendo a trasportare ogni giorno circa trentamila persone. Eppure Montgomery comincia a essere nota in tutta l'America come «la città che va a piedi», e tra i numerosi doni che la gente invia da ogni angolo del paese, indirizzandoli il piú delle volte a Rosa, a fare la parte del leone sono le scarpe. Si suppone che la gente, laggiú, consumi le proprie suole molto in fretta...

Ma ecco che, poco dopo Natale, arrivano nuovi guai per la famiglia Parks. Il 7 gennaio Rosa si sente annunciare dal grande magazzino che lí non hanno piú bisogno di lei: non che vogliano proprio licenziarla, ci mancherebbe, e naturalmente il suo ruolo nel boicottaggio non ha nulla a che fare con questa decisione. Semplicemente, hanno stabilito di chiudere il laboratorio di sartoria, e quindi perché mai dovrebbero continuare a tenere alle proprie dipendenze una cucitrice?

Comunque sia, il risultato non cambia: all'improvviso lei si ritrova senza impiego, costretta a lavorare in casa cucendo per una clientela privata, e la cosa piú grave è che una settimana dopo anche suo marito perde il lavoro. È stato lui stesso a licenziarsi, perché alla base dell'aeronautica militare presso cui lavorava come barbiere gli avevano espressamente proibito di fare alcun cenno al boicottaggio con i clienti e persino di menzionare Rosa. – Come? – sbotta Raymond furioso. – E io dovrei rimanere in un luogo dove mi si vieta di pronunciare il nome di mia moglie? – Cosí se ne va sbattendo la porta, e quando si rende conto che, data la situazione, non riuscirà mai a trovare un altro posto, sprofonda a poco a poco in una pericolosa crisi depressiva. Ora passa il suo tempo a bere gin e a fumare una sigaretta dopo l'altra, mentre Rosa si divide tra i suoi lavoretti di sartoria e le mille incombenze legate alla protesta.

A sua volta disoccupata, aiuta a distribuire cibo e indumenti a quanti (e sono in molti) come lei hanno perduto il lavoro a causa del boicottaggio e ora si trovano ridotti in povertà; ma provvede anche a coordinare la rete di trasporti organizzata dalla MIA, raccogliendo le chiamate delle persone che hanno bisogno di un passaggio e comunicando via radio con gli autisti per indicare loro dove andare: un compito faticoso, che in certe giornate si protrae dalle cinque e mezzo del mattino sino alla mezzanotte. Poi torna a casa, distrutta, e trova Parks incollato alla bottiglia; allora lo guarda con tristezza, domandandosi se davvero sia valsa la pena di compromettere in quel modo la loro felicità domestica in nome di una speranza cosí incerta. Eppure, se potesse tornare indietro, agirebbe esattamente nello stesso modo.

Giorno dopo giorno, la fermezza dei neri fa crescere la rabbia dei bianchi. Le adesioni al Ku Klux Klan aumentano minacciosamente, la violenza razzista sembra sul punto di esplodere, e le autorità, per parte loro, soffiano sul fuoco definendo la MIA «un gruppo di negri radicali» con cui è impossibile trattare e ordinando alla polizia di «affrontare a muso duro» quanti partecipano alla protesta. Cosí si moltiplicano gli arresti dei tassisti neri per infrazioni stradali anche minime, e persino Martin Luther King viene arrestato per aver superato leggermente, alla guida, il limite di velocità: roba da contravvenzione, tutt'al piú, invece gli agenti lo perquisiscono, lo scaraventano nella loro auto e lo conducono alla stazione di polizia, dove gli prendono le impronte digitali e lo rinchiudono in una fetida cella. Poi però, vedendo la folla di neri indignati che apprendendo la notizia si è già radunata in fretta e furia intorno all'edificio, pensano bene di rilasciarlo per scongiurare una sommossa.

Quindi viene il momento delle bombe: prima a casa dello stesso King che, accorso dalla riunione a cui si trovava per osservare quello scempio di vetri infranti e pavimenti squarciati, dopo essersi accertato che la moglie e la figlia siano illese, esorta nobilmente le centinaia di persone convenute sul posto a non lasciarsi dominare dallo spirito di vendetta. – Un giorno, – aggiunge profeticamente, – forse mi uccideranno davvero, e allora toccherà ad altri raccogliere la mia fiaccola e proseguire la lotta perché tutti gli americani abbiano uguali diritti, quale che sia il colore della loro pelle. Ora tornate a casa, e non disperate.

Due giorni dopo tocca alla casa di Nixon, dove Rosa si precipita per aiutare a raccogliere i cocci e riordinare i documenti; piú tardi sarà la volta di quella del reverendo Abernathy e di diverse chiese della comunità nera. Davvero, nello stato dell'Alabama, sfidare il pregiudizio razziale significa scherzare con il fuoco.

Ma gli organizzatori della protesta non si lasciano intimidire, anzi, proprio pochi giorni dopo l'attentato a King, gli avvocati Fred Gray e Clifford Durr, il «negro» e l'«amico dei negri», presentano alla Corte distrettuale un ricorso contro la città di Montgomery, accusando di incostituzionalità la legge che impone la segregazione sugli autobus. È la prima tappa di un cammino che, nelle intenzioni, dovrà condurre sino alla Corte Suprema degli Stati Uniti, quella cui è affidato il compito di stabilire se ogni singola legge sia o no compatibile con i principi fondamentali che regolano la vita della Nazione; e poiché il piú importante di questi principi è l'uguaglianza dei diritti per tutti i cittadini... La speranza, insomma, è che si ripeta il successo della causa *Brown contro il Ministero della Pubblica istruzione* e che la lotta contro la discriminazione razziale possa cosí compiere un altro, decisivo passo avanti.

Ma tutto questo richiede tempo, e intanto i bianchi non stanno certo a guardare. Tanto per mettere in chiaro che le decisioni della Corte Suprema sono una cosa e la vita negli stati del Sud tutta un'altra, l'università dell'Alabama, spalleggiando le proteste di gruppi studenteschi razzisti, pensa bene di sfidare anche la sentenza del caso Brown espellendo, «per la sua stessa sicurezza», la prima e unica studentessa di colore: una vittoria celebrata pochi giorni dopo, al Montgomery Coliseum, da un grande raduno in favore della segregazione, durante il quale, in un clima da linciaggio, i partecipanti proclamano di voler «prendere a frustate quegli sporchi negri e dare una dura lezione a Rosa Parks».

Contemporaneamente, le autorità cittadine valutano la possibilità di ricorrere a misure piú drastiche. Il boicottaggio comincia ad avere un costo insostenibile per la compagnia dei trasporti: dopo settimane in cui quasi tutti gli autobus hanno viaggiato ciascuno con a bordo solo un paio di passeggeri bianchi, per evitare il fallimento si è costretti addirittura a sospendere il servizio. A questo punto però alcuni avvocati bianchi (e «amici dei bianchi», nello stesso senso in cui Clifford Durr è «amico dei negri») hanno l'idea di rispolverare una vecchia legge che vieta ogni forma di boicottaggio, e il 21 febbraio un gran giurí appositamente istituito incrimina per aver violato questa legge ottantotto persone, tra cui il reverendo King, una ventina di altri pastori, dirigenti della MIA e comuni cittadini... e naturalmente Rosa Parks.

Cosí, questa donna di cui ormai si occupa tutta la stampa internazionale e che riceve doni e lettere di ammiratori da ogni parte del mondo è di nuovo costretta a subire il trattamento della criminale comune. Questa volta però non ha nessuna intenzione di lasciarsi arrestare: fiera e dignitosa, si presenta lei stessa alla corte di giustizia, chiede di vedere lo sceriffo e gli dice: – State cercando me? Bene, eccomi qui.

Di nuovo le prendono le impronte digitali, ma questa volta sotto gli obiettivi dei fotografi: e l'immagine compare il giorno dopo sulla prima pagina del *New York Times*, il piú importante giornale americano. Poi la MIA paga la cauzione, per lei come per gli altri arrestati, e Rosa può tornare a casa in attesa del processo.

Esso viene celebrato il 19 marzo, quando i geli dell'inverno hanno già ceduto al tepore primaverile e gli organizzatori si sono procurati un buon numero di biciclette da mettere a disposizione di quanti aderiscono al boicottaggio. Ma se il rigore del clima si è mitigato, quello della «giustizia» non sembra avere intenzione di seguire l'esempio. L'unico problema è che gli imputati sono troppi, mentre occorre arrivare il piú in fretta possibile a una punizione esemplare; perciò il tribunale si accontenta di processare quello che ormai appare come il vero capo della protesta, il reverendo King, che viene condannato a pagare un'ammenda di cinquecento dollari o a scontare un anno e sedici giorni di lavori forzati. Fortunatamente non dovrà mai fare né una cosa né l'altra, poiché ricorrerà in appello vincendo la causa; intanto, però, questa condanna non fa che accrescere l'autorevolezza di Martin Luther King, la determinazione dei neri di Montgomery a condurre sino in fondo la loro battaglia, e l'attenzione da parte dell'opinione pubblica in tutta l'America.

Sí, è davvero il momento di far conoscere all'intero paese le proprie ragioni, perché quella lotta non riguarda soltanto Montgomery o lo stato dell'Alabama, ma ha un'importanza nazionale. I dirigenti della MIA cominciano dunque a viaggiare qua e là come portavoce della protesta, e anche Rosa, nel maggio del '56, sale per la prima volta in vita sua su un aeroplano per recarsi a New York, dove l'hanno invitata a intervenire a una riunione pubblica al Madison Square Garden. Resta in quella città per due settimane, accolta come un'eroina dalla gente di colore: proprio lei, cosí schiva e modesta, si trova a firmare continuamente autografi e posare davanti agli obiettivi, nemmeno fosse una stella del cinema; ormai ci si sta abituando, riesce persino a parlare in pubblico o a rilasciare interviste con una certa disinvoltura, ma la sua salute comincia a risentire della continua tensione.

Dopo New York si reca a Detroit, dove tra un impegno e l'altro riprende un po' fiato in casa del fratello; poi a San Francisco, città nota per il suo liberalismo e il suo spirito progressista. Peccato che proprio qui, contro ogni aspettativa, le tocchi l'incontro piú sgradevole dell'intera «tournée».

Una volta deve rilasciare un'intervista al reporter di un giornale locale: è un bianco, ma la cosa non la preoccupa particolarmente. Non pensa affatto che tutti i bianchi siano razzisti. Il primo dubbio le viene quando l'uomo, poco dopo aver preso posto davanti a lei, le dice in tono brusco: – Non mi guardi fisso, – come se una persona di colore non avesse il diritto di sollevare gli occhi su un bianco. Poi la sottopone a una serie di domande maligne e chiaramente ostili, tutte intese a dimostrare che Rosa non è un'eroina, ma un idolo fasullo, un'esibizionista in cerca di notorietà. Lei si sforza di rispondere con calma, stringendo tra le dita la tazza da tè che il fotografo inviato dal giornale l'ha pregata di tenere in mano per poterla fotografare in una posa «naturale». Quando però il reporter le dice in tono minaccioso: – Ora a noi due: voglio proprio vedere come funziona la sua testa, – e poi la aggredisce con le domande piú oltraggiose, chiedendole addirittura se abbia mai esercitato il mestiere di prostituta, la tazza comincia a tremare contro il piattino, i nervi cominciano a cedere, e alla fine Rosa scoppia in un pianto isterico mentre l'uomo, evidentemente soddisfatto dell'opera compiuta, la saluta con un beffardo «bye-bye» e se ne va. Lei rimane lí, in lacrime, sul divano, e le sembra di risentire nell'orecchio quelle tante voci che a casa le telefonavano nel cuore della notte per dirle: «Muori, sporca negra!»; le sembra che quell'odio fanatico suscitato dal suo gesto sia destinato a perseguitarla dovunque vada, per tutta la vita.

Per fortuna il ricordo di questa esperienza viene ben presto offuscato da una splendida notizia. Il 5 giugno 1956, poco dopo il suo ritorno a casa, i giudici della Corte distrettuale votano due contro uno accogliendo la querela presentata dall'avvocato Gray e dichiarando incostituzionale, ossia illegittima, la segregazione sui mezzi pubblici in Alabama.

Comunque, è ancora presto per cantare vittoria, e tanto piú per sospendere il boicottaggio. La città di Montgomery, niente affatto disposta a rinunciare al suo amato «Jim Crow», decide di ricorrere in appello alla Corte Suprema degli Stati Uniti, e ciò significa che la faccenda si trascinerà almeno sino all'autunno. Un tempo lunghissimo, pensano molti neri osservando con preoccupazione le suole sempre piú consumate delle proprie scarpe. E lo pensano anche i loro avversari, che cercano, intanto, di far cessare il boicottaggio con un nuovo stratagemma, ossia inducendo le compagnie di assicurazione ad annullare le polizze di tutte le auto che le chiese nere della città mettono a disposizione dei partecipanti alla protesta. Sembra l'uovo di Colombo, perché senza assicurazione una macchina non può circolare; ma il reverendo King corre ai ripari rivolgendosi a un agente assicurativo di colore di Atlanta il quale, a sua volta, si rivolge ai Lloyd's di Londra, una delle piú grandi compagnie del mondo, e riesce cosí a stipulare nuove polizze assicurative per quelle che i bianchi definiscono sprezzantemente «chiese su ruote».

È come una partita giocata nel corso delle settimane e dei mesi sulla grande scacchiera della città, mentre le giornate si accorciano e le foglie si accendono di sfumature brune o dorate. La mossa successiva del sindaco consiste nel chiedere al tribunale di emanare un'ordinanza per impedire alle persone di colore di radunarsi agli angoli delle strade ad attendere le auto inviate loro dalle chiese: quegli assembramenti non danno forse fastidio, non disturbano la pubblica quiete?

Ma sfortunatamente per il sindaco e per i suoi sodali, le procedure dei tribunali non sono sempre brevissime, e quando viene infine emanata la tanto sospirata ordinanza, un'altra sentenza, pronunciata quello stesso giorno, la rende praticamente inutile. È il 13 novembre del 1956, e la

Corte Suprema degli Stati Uniti ha decretato all'unanimità che la segregazione sugli autobus è incostituzionale.

A tale notizia, tutta la comunità nera è in festa: i clacson suonano all'impazzata, la gente si riversa cantando nelle strade, e i membri del Ku Klux Klan che tentano di intimidire quella folla esultante girando minacciosi per le strade a bordo delle loro automobili sono scacciati con grida di scherno dalle donne e dai ragazzi. Eppure la partita non è ancora conclusa, la vittoria non è ancora certa: ora bisogna vedere se la Corte Suprema accoglierà o no il ricorso che la città di Montgomery si è affrettata a presentare contro la sua decisione, e nel frattempo, naturalmente, continuare il boicottaggio.

Di nuovo, il Natale si avvicina, il secondo da quando è incominciata la protesta; ma questa volta è davvero un Natale di speranza. Mentre nella sua chiesa pulisce e spolvera accuratamente le figurine del presepe, Rosa dice a se stessa che davvero, come ha dichiarato il reverendo King, «l'universo è dalla parte della giustizia», e che presto ci sarà pace sulla terra per tutti gli uomini di buona volontà.

Ed ecco, il 20 dicembre, proprio a pochi giorni dal Natale, arriva il verdetto definitivo della Corte Suprema: l'appello della città di Montgomery è respinto, la segregazione sugli autobus è abolita per legge.

Cosí, dopo quasi tredici mesi, il 21 dicembre il boicottaggio si conclude vittoriosamente e i neri di Montgomery possono tornare a prendere l'autobus. L'avvenimento, come è ovvio, è dei piú solenni, e giornalisti e fotografi accorrono da ogni luogo per darne testimonianza. Ma mentre gli altri capi della protesta salgono trionfalmente tra i lampi dei flash sui primi autobus del mattino, colei senza la quale tutto questo sarebbe stato impossibile rimane a casa a preparare la colazione per la madre malata. Solo piú tardi, alle nove, un reporter della rivista *Look* si presenta alla sua porta accompagnato da due fotografi: tutti ansiosi di immortalare il momento storico in cui Rosa Parks metterà piede per la prima volta su un autobus non segregato.

Dapprima lei è riluttante. Le dà un po' fastidio che la sua persona, agli occhi degli altri, ormai si identifichi completamente con quell'episodio sull'autobus; ma dopo tutto, riflette, è stato proprio quell'episodio a unire la popolazione di colore per una lotta comune; perciò finisce con l'acconsentire e segue quei tre alla fermata piú vicina.

Sale, scende, cambia piú volte autobus, mentre i fotografi continuano a scattare. Per una strana combinazione, capita che l'autista di uno di questi veicoli sia una sua vecchia conoscenza, e non delle piú simpatiche: lei lo riconosce subito, per il colorito acceso e il porro vicino alla bocca, e anche per l'occhiata che le lancia, nella quale si può leggere ancora l'antica arroganza mescolata con un nuovo, rabbioso senso di frustrazione.

Rosa Parks e James Blake non si scambiano neppure una parola: del resto, che cosa potrebbero dirsi? Non basta certo una sentenza della Corte Suprema per cancellare i pregiudizi dalla mente di quelli come lui, Rosa se ne rende conto solo guardandolo in faccia. In compenso, però, una sentenza della Corte Suprema può impedire alle persone imbevute di pregiudizi di farne gravare il peso sugli altri. Insomma, dice a se stessa, finché non cambieranno i cuori, è importante che cambino almeno le leggi.

Confortata da questo pensiero e seguendo le istruzioni dei fotografi, Rosa va a sedersi nella prima fila, una di quelle che fino a ieri erano strettamente riservate ai bianchi. Poi le chiedono di guardare fuori dal finestrino, proprio come aveva fatto in quel memorabile pomeriggio del primo dicembre 1955, e lei obbedisce sorridendo. Sa che quella foto è destinata a comparire non solo sui giornali, ma sui libri di storia. E di nuovo, come in quel pomeriggio ormai lontano, pensa a suo nonno seduto accanto al fuoco con il fucile accanto: quanto sarebbe fiero di lei, se ora potesse vederla...

## CAPITOLO UNDICESIMO

Nei giorni successivi, lontano dagli obiettivi dei fotografi, le cose sembrano andare assai meno lisce: gruppi di razzisti fanatici attaccano piú volte a colpi di fucile gli autobus «integrati», e qualcuno, pur di non accettare la fine della segregazione, pensa addirittura di istituire nuove linee a uso esclusivo dei bianchi; né cessano gli attentati dinamitardi alle chiese e alle case dei pastori. Occorre tempo perché questa scia di violenza si esaurisca e la nuova situazione venga accettata da tutti; ancora piú tempo, e altre lotte durissime, perché il principio dell'integrazione e dell'uguaglianza si affermi pienamente in tutta l'America.

E Rosa Parks, l'iniziatrice di questa vittoriosa battaglia? Be', le cose non vanno troppo lisce nemmeno per lei. Le telefonate minatorie non sono certo cessate, anzi, si sono fatte ancora piú frequenti dopo la sentenza della Corte Suprema, piú volte le capita di essere riconosciuta e insultata per strada da qualche bianco livido di rancore, e la possibilità di trovare a Montgomery qualcuno disposto a offrirle un lavoro appare sempre piú remota. Essere un simbolo ha i suoi costi: Rosa lo sapeva fin dall'inizio. Cosí si trasferisce con il marito e la madre a Detroit, dove può contare sull'appoggio di suo fratello Sylvester, e lí riprende a guadagnarsi il pane cucendo, come ha sempre fatto, dividendosi tra la modesta, faticosa routine della vita quotidiana e le pubbliche apparizioni cui è spesso chiamata nel suo ruolo di eroina nazionale. È una massaia, una moglie, un'umile lavoratrice; e al tempo stesso, agli occhi di tutto il mondo, è una donna che ha cambiato la storia del proprio paese.

Negli anni seguenti continua a partecipare alle marce, alle dimostrazioni, a quella battaglia per i diritti civili dei neri (o afroamericani, come si dirà sempre piú spesso negli anni a venire) che nel '64 saranno finalmente riconosciuti in una legge e il cui ottenimento costerà la vita al reverendo e premio Nobel per la pace Martin Luther King, assassinato nel 1968 da un bianco razzista. In tutto ciò, la posizione di Rosa appare piú marginale: a volte, nelle manifestazioni pubbliche, accade persino che gli organizzatori si dimentichino di lei e trascurino di farla salire sul palco o marciare in prima fila accanto alle altre personalità. Ma basta che qualcuno la riconosca e dica: «Guardate! Quella è Rosa Parks!» e subito si ritrova circondata dall'amore e dalla gratitudine della sua gente.

Sí: è ancora qualcuno, Rosa Parks. Per questo, nel 1964, l'avvocato di colore John Conyers le chiede di appoggiare la sua candidatura a deputato. Lei acconsente, procurandogli il sostegno decisivo del reverendo King e collaborando attivamente alla campagna elettorale. E Conyers, una volta eletto, si mostra riconoscente nominandola membro del proprio staff.

Ora Rosa può finalmente lasciare l'impiego di cucitrice presso una ditta di Detroit per assumere a tempo pieno, questa volta in cambio di uno stipendio, la stessa funzione di segretaria che aveva svolto un tempo per il signor Nixon. Strana situazione, però, avere una segretaria cosí famosa: quando qualcuno entra nell'ufficio del deputato

Conyers, spesso sta cercando Rosa, non lui; a Rosa è destinata gran parte delle lettere e delle telefonate, oltre ai continui inviti che la costringono a chiedere qualche giorno di permesso al proprio datore di lavoro. Conyers è ben felice di accordarglieli, quei permessi: l'atteggiamento della sua segretaria è talmente gentile e modesto, da rendergli spesso difficile capacitarsi del fatto che lei e la celebrata icona del movimento per i diritti civili siano davvero la stessa persona. Eppure sente che da quella donna spira un'inconfondibile aura di maestà: non la maestà dei potenti, ma quella dei giusti, non l'arroganza, ma la nobiltà di un cuore saldo e generoso.

Nel dicembre del 1975, all'età di sessantadue anni e nel ventesimo anniversario del boicottaggio, Rosa torna a Montgomery, invitata (sembra persino incredibile) dalle autorità cittadine. Il clima è davvero mutato: quella che allora era stata considerata l'iniziativa di un gruppo di «agitatori negri» e addirittura denunciata come atto criminale ora è oggetto di una solenne celebrazione ufficiale, e quasi nessuno, almeno pubblicamente, è disposto a negare che abbia costituito una grande pagina della storia cittadina. Lei però non si illude: sa quali radici profonde abbia nel cuore di molti uomini quell'ignobile sentimento che chiamiamo razzismo, quel miscuglio di odio e paura verso chi ci appare «diverso» da noi e del vile desiderio di sopraffare chi è piú debole, piú indifeso. Perciò, dal pulpito della chiesa battista di Holt Street, con voce ferma esorta la sua gente a non fermarsi, ma a continuare la lotta.

Nemmeno lei è disposta a fermarsi; eppure questi sono anni difficili. La sua salute non è piú stata buona dopo la tensione accumulata nei mesi del boicottaggio, e ora i disturbi cominciano a farsi piú gravi: ulcera allo stomaco, problemi di cuore... Per giunta, nel corso degli anni Settanta, le tocca perdere tutte le persone piú care: il marito, la madre, il fratello, si ammalano quasi contemporaneamente di cancro, e lei è costretta a rinunciare al lavoro a tempo pieno per distribuire le sue visite fra tre diversi ospedali. Il primo a soccombere è Raymond Parks, che muore nell'agosto del '77; qualche mese dopo tocca a Sylvester; nel '79 alla madre, di cui Rosa si è presa cura sino all'ultimo vivendo con lei in un nuovo appartamento.

Adesso, a sessantasei anni, è davvero sola. Concentra tutte le sue energie nel lavoro e nell'impegno civile, e per onorare la memoria del marito fonda, nel 1987, l'Istituto Rosa e Raymond Parks, il cui scopo è di aiutare i giovani di colore a sviluppare le proprie potenzialità e a maturare una piena consapevolezza dei propri diritti. A diventare, insomma, cittadini fieri e coraggiosi, proprio come era diventata lei grazie alle lezioni apprese dal nonno e dalle antiche insegnanti.

Quando non viaggia per ritirare premi o ricevere onorificenze (tra cui la Medaglia della libertà, conferitale nel 1996 dal presidente Clinton, e la Medaglia d'oro al merito del Congresso, di cui viene insignita nel 1999), o non deve rispondere alle migliaia di lettere che ancora le arrivano da tutto il mondo, Rosa conduce la vita abitudinaria di una donna anziana ormai in pensione. Ogni mattina, al risveglio, apre la Bibbia che tiene sul comodino e ne legge con devozione qualche brano: un po' a fatica, perché i lunghi anni trascorsi a cucire le hanno indebolito la vista. Poi si alza, consuma una frugale colazione e va a sedersi davanti a una finestra del suo appartamento dalla quale può vedere il fiume. Osserva i ponti, le navi; osserva, soprattutto, il lento ma inarrestabile moto della corrente che procede oltre, sempre oltre, senza che nessun ostacolo possa deviarne il corso, e quello spettacolo le infonde una grande serenità.

Poi, come fosse un sogno, ricorda Montgomery, il giorno del suo arresto e quelli duri ed esaltanti del boicottaggio; e ricorda quando, nel 1989, è tornata in quella città per assistere all'inaugurazione del monumento ai diritti civili. Su una lastra circolare di granito nero erano incisi i nomi di quaranta tra uomini e donne che avevano perso la vita in quella battaglia, quaranta vittime dell'odio razzista, uccise soltanto per aver osato affermare la propria dignità di esseri umani. Di fronte alla lastra, una curva parete lungo la quale scendevano piccole cascatelle, formando una sorta di pellicola trasparente sopra questa frase di Martin Luther King:

*... Finché la giustizia scorrerà come acqua e la rettitudine come un fiume possente.*

Rosa Parks si spegne nel suo appartamento di Detroit alle sette del mattino del 24 ottobre 2005. Il presidente Bush ordina che in tutti gli edifici pubblici della nazione le bandiere siano calate a mezz'asta, e le autorità cittadine di Montgomery e di Detroit annunciano che sino al suo funerale i sedili anteriori degli autobus resteranno vuoti e contrassegnati da nastri neri in segno di lutto. La sua salma viene portata in volo a Montgomery per il servizio funebre e poi a Washington, dove viene esposta nella rotonda del Campidoglio. È la prima volta nella storia che questa distinzione tocca a una donna. Una guardia d'onore veglia silenziosamente la bara, adagiata sullo stesso catafalco che nel 1865 accolse le spoglie di Abramo Lincoln, e cinquantamila persone vi sfilano davanti l'una dopo l'altra per rendere l'ultimo omaggio alla «madre dei diritti civili».

Tre anni dopo, un uomo dalla pelle nera, Barack Hussein Obama, sarà eletto presidente degli Stati Uniti d'America.

# INDICE

NELLA STESSA COLLANA:

Valentina Misgur, *Trovami un giorno*
Francesca Longo, *Come ti sequestro la prof*
Sophie McKenzie, *Sei passi per conquistare una ragazza*
Sabrina Rondinelli, *Camminare correre volare*
Deborah Gambetta, *Viaggio di maturità*
Francesca Longo, *In gita di distruzione*
Guido Sgardoli, *O sei dentro o sei fuori*
Sabrina Rondinelli, *La nostra prima volta*

*Finito di stampare nel mese di febbraio 2010*
*per conto delle Edizioni EL*
*presso Grafica Veneta S.p.A., Trebaseleghe (Pd)*